モブ顔の俺が別世界ではモテモテです

夢乃咲実

幻冬舎ルチル文庫

CONTENTS ✦目次✦

モブ顔の俺が別世界ではモテモテです

✦カバーデザイン＝chiaki-k（コガモデザイン）
✦ブックデザイン＝まるか工房

イラスト・花小蒔朔衣✦

モブ顔の俺が別世界ではモテモテです

「はあ、疲れた」

直央《なお》は鏡を覗《のぞ》き込んだ。

特徴のない、印象の薄い顔がそこに映っている。

真っ直《す》ぐの黒い髪、濃くもなく薄くもない眉、大きくもなく小さくもない目、長くもなく短くもない睫《まつげ》、高くもなく低くもない鼻……この調子で顔の造作どころか、足のつま先まで続けられそうだ。

生まれたときから付き合っているから、かろうじてそれが「友部《ともべ》直央」だとわかるけれど、そうでなければ出会って別れて二秒後には忘れられてしまうような存在感の薄さだ。

いわゆる「モブ顔」ってやつなのかと思うけど、もしかしているかいないかわからないようではモブとしての役にも立たないかもしれないとすら思う。

これまでの人生そのものにもたいした特徴はない。

両親が離婚しているなど今時珍しくもないし、それぞれに再婚はしているが、ともに相手は感じのいい人だ。

もちろん、どちらの家庭も「自分の家」という感じを持つには至っていないが、家庭的にもっと辛《つら》い思いをしている人だって大勢いるわけで、特に「居場所のない辛い人生」と思っているわけでもない。

高校も大学も、ごくごく普通の成績でごくごく普通に過ごした。

就職に失敗したのはこの印象の薄い顔のせいかもしれないが、それだって今時よくあることだ。

即座にフルタイムのアルバイトにありつけただけでもありがたい。

そう、ごくごく普通の顔に、ごくごく普通の人生。

そうは言っても特徴のない人生なりに山谷はあるもので、今日は「谷」だった。

傘を忘れたのだ。

学生時代から住んでいる、ロフト付きではあるがそれでも狭いワンルームマンションは、駅から徒歩二十分。

途中で雨に降られてずぶ濡《ぬ》れになったあげく、帰ってから、洗濯物を外に干しっぱなしだったことに気付いてがっくりした。

壁が薄く、あまり遅い時間に洗濯機を回せないため、濡れた洗濯物は明日の朝やり直しだ。

こんな日はせめて熱い風呂にでも浸《つ》かりたいものだが、あいにくこの学生向けの安マンションには、シャワーブースがあるだけで湯船はない。

そして洗面所もないので、生活空間の中で、大きめの鏡はここにしかない。

直央は今、シャワーを浴び終わって一息つき、その鏡を覗き込んでいるというわけだ。

世界中に、今この瞬間、同じようにちょっとだけついてない日の終わりに、鏡を見てため息をついている人は山ほどいるのだろう。

そう、こんな一瞬すら、平凡なのだ。

――もし自分が、もう少し特徴のある人間だったら、違う人生になるのだろうか？

ちらりと、そんな考えが頭をよぎる。

しかしすぐに直央は苦笑して首を振った。

特徴のある人間……ということは、この顔ではない人間になるということ。

それはそもそもう、「自分」ではない。

自分でない他の誰かになりたいと思うほど自分を嫌ってもいないし、人生に絶望しているわけでもない。

直央は自分の両頰《りょうほほ》をぴしゃりと叩《たた》くと、

「寝よう」

これも高くもなく低くもない、特徴のない声でそう言って、シャワーブースを出た。


眠りはあっさりとやってきた。

幸い子どもの頃から眠れなくて悩んだことだけはほとんどない。

心地いい眠りの中にゆっくりと沈んでいく瞬間は大好きだ。

だがその夜は、そうやって眠りに落ちた後、なんだか変な夢を見た。

ストーリーなどは何もない。

ただ――

暗闇の中にいて、もがいているのだ。

まるで両手両足を縛られているように身体《からだ》は上手《うま》く動かないし、上下左右の方角も、そもそも自分が立っているのか座っているのかすらわからない。

ただ、ここから逃げ出したい。

それだけの思いでもがき――

ふいに、身体がぐいっと横滑りするような妙な感覚があった。

「うわ」

思わず声をあげ、直央は目を開けた。

見慣れた、すぐそこにあるロフトの天井。

なんだろう、今の夢は。

そう思いながら何気《なにげ》なく枕元に視線を動かし、目覚まし時計が目に入って直央はぎょっとした。

起きなければいけない時間をとっくに過ぎている。

直央はがばっと起き上がった。

バイトに遅刻する。

今すぐ飛び出さないと。

洗濯をやり直している時間どころか、何か食べる時間すらない。

慌ててロフトから降り、いつものように小さなキッチンのシンクで洗面を済ませ、着替え、鏡を見る暇もなく手で髪を撫《な》でつけ、靴を履く。

玄関のドアを開けようとした瞬間、小さな違和感が頭をかすめた。

何か……変……?

いや、そんなことを考えている暇はない。

外に出て鍵を閉め、そのまま走り出す。

駅まで徒歩二十分というのはかなりの距離だが、走れば自分次第で時間を縮められるというのは、それはそれでありだ。

こういうとき直央は、自分が意外に前向きな人間だと思う。

そのまま駅に走り込むと、考えていたよりも一本早い快速に乗ることができ、なんとか遅刻はしないで済みそうだ、と直央はようやく息をついた。

変だ。

そう感じたのは、電車が動き始めてすぐだった。

(見られてる……?)

視線を感じる。

特定の誰、というのではなく……なんだか周囲の人が、ちらちらと自分のほうを見ているような気がする。

おそるおそる周囲を見回すと、偶然目が合った人が慌てたようにさっと視線を逸《そ》らした。

他にも、目が合わないようにこちらを見ている人が何人もいるのがわかる。

いわゆる通勤時間帯ではないため、電車は座っている人と立っている人が半々くらいの密度だが、それだけに余計、隣の扉やそのまた向こうの扉近くにいる人もなんとなくこちらを気にしているのがわかる気がする。

何しろ存在感の薄い直央なので、こんなことはめったに……というか、これまで一度もない。

まさかズボンを穿《は》き忘れたとか靴を履き忘れたとか……と思ったが、学生時代から変わらない普段着のシャツとズボンは身につけているし、靴も履いている。

昨夜雨に降られたときに着ていたパーカーが、まだ縫い目のあたりが湿っぽいような気はするが、それが臭うという感じでもない。

（顔に何かついてるのかな）

直央は不安になった。

ちょうど、半地下の途中駅を通過して外が暗くなったので、窓に映った自分の顔を見てみたが……何もついていないし、髪型も普通だ。

そう、いつも通り、ため息が出るくらいに「普通」だ。

だが窓に映ったくらいではわからない、後頭部とか背中とかにおかしな部分があるのかもしれない。

（カラスか鳩《はと》のフンがべったりついているとか……ズボンの縫い目が裂けているとか……もしかして昨夜の雨で、パーカーの背中に幽霊みたいな染みがついてるとか？）

想像力はその辺が限界だ。

こういうとき「何かついてますか」とか、周囲の人に尋《き》けるような自分であればいいのに、と思うがどうしようもない。

都心の駅で乗り換えると、こちらは混雑というほどではないが先ほどまでよりも人が多く、荷物と荷物が触れ合うほどだ。

その車内でも、やはり同じように視線を感じる。

それどころか、座っている若い女性の二人連れが、直央を見ながらひそひそと何か耳打ちしあって笑っているようにさえ見える。

（ううう、気になる、すごく気になる……！）

とにかくバイト先に着いたら、誰かに背中を見てもらうしかない。

じりじりする思いで降車駅を待っていると、途中の駅で人がたくさん乗り込んできた。ここから二駅は時間帯にかかわらず、いつも混む。

反対側のドアに寄って、ヒップバッグを前で抱えると……

ふと、腰のあたりに何かが触れたような気がした。

背後の人の荷物だろうか。

直央は少し身を捩《よじ》って、その「何か」が身体の脇に来るように向きを変えた。

だが……一瞬離れた「何か」は、再び腰……それどころか少し下がって、今度は臀部《でんぶ》に触れている。

じわ、とその「何か」が動き、直央はぎょっとした。

（これ……荷物じゃない）

手だ。

人の手が……直央の臀《しり》を撫でるようにわずかに上下している。

直央は思わず身を固くした。

これは……これはまさか、痴漢というものじゃないのだろうか。

いや、勘違いかもしれない、男でも痴漢に遭うことがあるのは知っているが、自分のような平凡極まりない人間には無縁だと思っていたし、実際これまで痴漢に遭ったことなど一度もない。

しかし手は次第に大胆になって……ふいに、臀肉がぎゅっと摑《つか》まれた。

「ひゃ！」

思わず直央が声をあげると、すっと手は引っ込んだが……周囲の人が怪訝《けげん》そうな顔をしているのがわかり、恥ずかしくなって直央は顔を伏せた。

早く次の駅に着きますように。

ひたすらそう願いながらなんとか顔を上げ、窓ガラスを見ると……背後の男と、ガラス越しに目が合ったような気がした。

眼鏡《めがね》をかけた、きちんとしたスーツ姿の、三十過ぎくらいの細身の男。

その視線が、ねっとりと粘ついているように感じ、直央は慌ててまた顔を伏せた。

この男が……痴漢なのだろうか。

いや、だがやはり勘違いかもしれない。

ああ、とにかく電車から降りたい。

そう思っていると、ようやく電車は目的の駅に着き、直央はドアが開くなりホームに飛び出して、階段に向かって走った。

ターミナル駅を出て五分ほどのところに、バイト先のホテルが建っている。

幸い信号で引っかかることもなく、直央は息を切らせながら、遅刻寸前で従業員用出入り口に駆け込んだ。

「おはようございます！」

そう言いながら、入館記録に名前を記入しようとすると……

「あれ、今日はどうしたの」

守衛の老人が驚いたように直央を見た。

いつも時間に余裕を持って出勤する直央が、ぎりぎりに飛び込んできたからだろうか。

「寝坊しちゃって」

そう言いながら入館記録にサインしようとすると、

「こっちで書いておくからいいよ」

守衛の老人はそう言って、すっと直央の入館証を差し出してくれた。

「え……あ、ありがとうございます」

直央は戸惑いながら入館証を受け取った。

なんだか変だ。

直央は数人いる守衛の誰からもなかなか名前を覚えてもらえず、「ええと、なんだっけ」「友部です」「ああそうだった、友部……友部さんね」というやりとりをほぼ毎日続けてきたのだが、ついに覚えてもらえたのだろうか。

入館証を摑んで裏動線に入り、直央は更衣室に向かった。

直央は、このホテルでベルボーイのアルバイトをしている。

都心にある、割合新しいシティリゾートホテルだ。

もともと学生時代に清掃メインの客室係のアルバイトをしていたのだが、たまたまベルボーイに急な欠員が出て「英語がある程度できれば誰でもいいから」と各部署にSOSが出たときに、上司が大学で英語を専攻していた直央の履歴書に気付いたのだ。

最初は「存在感がないね」などと言われたが、地味に真面目に仕事をしていた結果、「そこそこ無難に使える」と思ってもらえたらしく、レギュラーでシフトを入れてもらえるようになり、就職に失敗したあと、フルタイムで入れることになったのだ。

更衣室では、同じシフトの数人がすでに制服に着替え終わっていた。

「おはようございます」

そう言ってロッカーに向かいながら、直央は気になって気になってたまらなかったことを、ようやく尋く相手ができたとほっとしていた。

「あの、すみません、俺の背中とか頭とかに、何か変なものがついていませんか?」

そう言って彼らに背中を向けると……

「いや、別に」という答えが返ってきた。

「何もないよ」

「ねえ?」

数人がそう言うのを聞いて、直央は戸惑いながら彼らに向き直った。

「そう……ですか……?」

「何かあったのか?」

ロビーのフロアチーフである、一番年上の高梨《たかなし》という社員が尋ねる。

「いえ、なんだかその……やたら見られている感じがしたので……あと」

痴漢に遭ったかも……と言いかけたが、思い出すと勘違いのような気がしないでもなくて、直央が言葉を飲み込んだとき……

「ああ、やだやだ、自意識過剰」

思いがけない言葉が向けられ、直央は思わず瞬《まばた》きをした。

同期の、佐竹《さたけ》というアルバイトだ。

呆《あき》れるほど平凡で特徴も存在感もないことは子どもの頃から自覚している直央にとって、自意識過剰という言葉くらい縁遠いものはない。

それに佐竹は普段、直央のことなどようやく顔と名前が一致している程度のようで、親しく話したこともないので、こんな毒のある口調を向けられるのは意外だ。

よほど虫の居所でも悪いのだろうか。

「佐竹」

高梨がたしなめるように言った。

「友部がそういう性格じゃないことはお前だって知ってるだろ」

佐竹が無言で首をすくめ、高梨が直央を見る。

「時間がないぞ、急いで着替えろ」

「あ、は、はい」

直央は慌てて着替えを始め、他の同僚は急ぎ足でロッカールームを出て行った。


ベルボーイの仕事は好きだ。

何よりまず、制服があるのがいい。

身体の線に合った短いベージュのジャケットと黒のズボン、赤いラインの入ったベージュの帽子、そして白手袋。

この制服を着ていさえすれば、どれだけ顔の存在感が薄かろうと「ベルボーイである」と認識してもらえる。

一応名札はつけているが、きちんと仕事をこなしさえすれば、客に名前を覚えてもらう必要もなく個別認識してもらう必要もない。

ロビーに入ってきた客にすっと近寄り、荷物を預かり、フロントに案内し、チェックインが終わるのを待って部屋に案内しながら館内の説明をする。

それだけと言えばそれだけだが、客がホテルに来て最初に接するのがベルボーイなのだから、ホテル全体の印象を背負っているといっても過言ではない。

そしてそこに直央の「存在感」は無用で、制服を着た自己主張のないベルボーイであることが大切なのだ。

清掃メインの客室係から最初にベルボーイに回されたときはもちろん不安もあったが、はじめてみると意外に、この仕事は自分に合うと気付いた。

初対面の相手に、自然に何気ない気遣いをするのは好きだ。

たとえ相手が気付いてくれなくても、荷物をカートに重ねるときの順番に気をつけるとか、相手の歩行速度に合わせるとか、マニュアルに加えて相手が必要としていそうな設備を案内に加えるとか、そういうことが楽しいし、誇りを持てる。

ただ、一生続ける仕事ではない、というところだけが悩みだ。

ベルボーイというのはあくまでもホテルマンとしてのスタート地点であり、正社員ならその後、他の部署で経験を重ね、マネージャーあたりがゴール地点だ。

その途中で違うホテルに転職する人も結構多い。

だが直央にとってこの仕事はあくまでも就職に失敗したがゆえのアルバイトであり、正社員登用の話があるわけでもないし、ホテルのマネージャーという仕事が将来的な目標というわけでもない。

とはいえ、目の前の仕事に対してはいつも全力だ。

チェックイン時間の前に、早くも客が次々にドアから入ってくる。

今日は団体が複数入っているからチェックインは大忙しとなるはずで、少しばかり早めに着いた客もどんどん案内しなくてはいけない。

「いらっしゃいませ」

直央の隣に立って待機していた佐竹が、一人の客にすっと近寄った。

客の前で取り合いや譲り合いのようなことにならないよう、一応ベルボーイ間で順番が決まっているので、直央は次の客だ、とドアを見たとき――

「ねえ、あっちの人にお願いしていい？」

佐竹が荷物を受け取ろうとした中年の女性客が、直央を指さした。

女性客は、楽しそうに目を輝かせて直央を見つめている。

「え、あの」

思いがけない言葉に、直央は戸惑った。

どういうことだろう?

客がベルボーイを指名するなんてこれまでなかったし、ましてやどうして自分を?

佐竹が客には見えない角度で、直央に向かって眉を寄せ、言った。

「ご案内を」

とげとげしい声に、彼が当然この事態を面白くないと思っているのがわかる。

「でも、俺は」

「お客さまをお待たせしないように」

穏やかに、しかし断固とした声で割って入ったのは社員の高梨だった。

「友部、ご案内を」

「は、はい」

こうしている間にも次々に客が入ってくる。ここで渋滞を起こすわけにはいかない。

「それでは、ご案内いたします、お荷物をお預かりいたします」

直央がそう言って女性客のスーツケースを受け取ると、客は嬉《うれ》しそうに笑った。

「友部くんて言うのね。よろしくね」

何か思惑があって直央を指名したというわけでもなさそうで、チェックインを済ませ、一緒にエレベーターに乗って客室フロアに上がり、直央の館内説明を楽しそうに聞いている。

直央を指名した、というよりは……もしかして佐竹が何かの理由で気に入らなかったとか、そういうことなのだろうか。

釈然としないままに直央が客室に荷物を運び込み、一通りの説明をして部屋を出ようとすると……

「あ、待って」

客が直央を呼び止め、直央の手を握り、離した……と思ったら、直央の手には数枚の千円札が残されていた。

チップだ。それも破格の。

「お客さま」

直央は慌てて言った。

「当ホテルでは、サービス料にすべて含まれておりますので、個別のチップはお受け取りできないことに……」

「いいからいいから」

客は直央がチップを返せないよう、手を後ろに回してしまう。

「着くなり目の保養をさせていただいたお礼よ。それに友部くん、すごく感じもいいし。ここはいいホテルね」

感じ「も」というのはどういう意味だろう？

しかしとにかく、ここであまりぐずぐずするのもよくない。

どうしても断れないチップは、チーフに渡して皆で分けるという規則も一応ある。

「それでは、ありがたくちょうだいいたします……どうぞごゆっくりお寛《くつろ》ぎください」

直央は頭を下げ、部屋を出た。

——なんだか、妙だ。

客がわざわざ直央を指名し、チップまでくれるなんて……しかも「友部くん」と名前まで覚えて呼んでくれて。

たまたま、知っている誰かに似ていた、ということなのだろうか。

だとしたらその人も、きっと自分のように特徴がなく存在感のない人で……それでも今の客はその人を好きで大事に思っているのかもしれない。

そう思うと、なんだか気持ちがほこほこしてくる。

しかし、妙なことはそれで終わらなかった。

ロビーに戻ると、次々に入ってくる客と、なんだかやたらに目が合う。

直央を見て顔をちょっと赤らめる女性客や、一瞬驚いたように立ち止まる男性客など、とにかくこれまでなかった反応が多い。

やはり自分の顔に何かついているような気がするのだが、誰にも注意されないということは、そうではないのだろうか。

部屋に案内する時点でも、ちらちら直央の顔を見たり、やたらと上機嫌に話しかけてくる客がいるかと思えば、逆に年配の男性客の中にはむっつりとして、何かに怒ったように不機嫌な相手もいる。

そもそも直央は、誰かに特に注目されて厚意を持たれることもない代わりに、初対面で嫌われることもない……嫌うほどの特徴もないことが特徴だと自負してきたのに、いったい何が起きているのか。

「あの、俺、今日何かおかしいでしょうか」

チェックインの嵐が収まると、直央は思いきって、小声で高梨に尋ねた。

「おかしい？　何が？」

高梨は怪訝そうだ。

何が、と尋かれるとどう説明すればいいのか。

「いえ……お客さまの反応が……いつもと違う、ような」

「そうか？　俺にはいつもと同じに見えるけど」

高梨が真顔でそう言うということは、自分の感じ方の問題なのだろうか？

とそのとき、一人の背の高い男がロビーに入ってきた。

新規の客かと思ったのだが……直央は一瞬の後、常連客の一人でスイートに滞在中の、ホテルの上得意の一人だと気付いた。

高見原《たかみはら》という名の、ＩＴ系の複合企業のカリスマ経営者と噂《うわさ》される人で、自宅は都内にあるらしいが年の半分以上をこのホテルのスイートで過ごす。

年は三十過ぎくらいだろうか、背が高く颯爽《さっそう》としていて、均整の取れた男らしい身体つきにオーダーメイドのスーツが似合い、顔立ちも男らしく整っていて、まさに「完全」を体現しているような人だ。

その場にいるすべての視線を集める、直央の存在感のなさとはまさに対極にある、直央にとっては憧《あこが》れの人だ。

直接には一度ちらりと言葉を交わしたことがあるだけだが、深くてよく響く声に、明確な

話し方もまさに完璧だった。

直央は自分が少しばかり声フェチかもしれないと思っていて、好きな俳優なども声がいい人なのだが、高見原の声と話し方はまさに理想、という気がしている。

その高見原を見かける、というのは直央にとって「今日はいいことがありそう」な……なんというか、レアキャラとかラッキーアイテムとか、勝手にそう思っている相手でもある。

だが——

今日の高見原は、明らかにいつもと違っていた。

帽子を目深にかぶり、サングラスをして……マスクまでしている。

それで一瞬とはいえ、直央もあの人だと気付くのが遅れたのだ。

どうしたのだろう。

それでも「彼」だとわかるくらいにその長身で均整の取れた体格は特徴的だし、だからこそ人目を惹《ひ》くのだが、今日はまるで「変装」と言いたいような出で立ちだ。

彼は脇目も振らずに早足でフロントに向かい、「お帰りなさいませ」とフロント係が鍵を差し出すと、無言で頷いてそれを受け取り、上層階専用のエレベーターに向かった。

「……高見原さま、どうなさったんでしょう」

直央は思わず声に出して呟《つぶや》いていた。

「何が？」

高梨が眉を寄せる。

「いつもと同じだろう。お前、なんだか今日は本当におかしいぞ」

あれが？　いつもと同じ？

「でも」

言いかけたとき、

「ほら、団体さま！」

高梨が厳しい声で言い、同時に入り口から、バスで着いたらしい外国人観光客の団体がどやどやと入ってくる。

直央は慌てて気持ちを切り替え、仕事に戻った。


「誰か」

休憩室にいると、扉が開いて客室チーフが顔を覗かせた。

「ルームサービス入れる？」

休憩室にはそれぞれ部署の違う数人がいたが、皆がいっせいに直央を見る。

ルームサービスは一応専用の部署があるが、人員は少なく、緊急の場合には他の部署から応援が入る。だがそれは「誰でもいい」というわけではない。

この場合は確かに、今いる中では直央が客室係の経験もあり、ベルボーイとして接客もしているので適任だ、ということだろう。

それにしても、存在感のない自分なのに、直央の名前と顔が一致しているのかどうかも怪しい他部署の人間までこちらを見たのが不思議だ。

「ああ――友部くんか」

バイトで客室係をしていたときに直接の上司だった客室チーフは直央を見て一瞬躊躇《ためら》ったが、

「他にいないものな。うん、じゃ頼む」

そう言って手招きしたので、直央は「はい」と返事をして休憩室を出た。

今のチーフの一瞬の躊躇いは、直央に任せられるかどうか不安だったのだろうか。

「あの、どちらの」

「スイートの高見原さま。コーヒーと軽食」

直央の問いに、早足で歩きながらチーフが答え、直央はどきっとした。

高見原……このホテルの中でもちょっと特別な客である、彼の用事なのだ。

「あれ、でも牧原《まきはら》さんは」

スイートフロアのルームサービスを担当している牧原という係の顔はさきほどちらりと見かけた気がする。

「別の案件中だから」

厨房《ちゅうぼう》まで来ると、チーフはくるりと直央のほうに向き直った。

「ノックは軽めに。返事を待たず、鍵を使ってドアを開けていい。お仕事中かもしれないから音は立てないで。なるべく視線は伏せて。もし許可が得られたらアメニティのチェックもしてきて。いい？」

てきぱきとした指示に、直央は頷《うなず》いた。

高見原がIT系複合企業のカリスマ経営者で、このホテルに住んで、日中はリモートで仕事をしていることも多いのは直央も知っている。

ワゴンを押して最上階まで上がり、高見原の部屋の前で直央は一度深呼吸した。

あの、すべてに恵まれているように見える、別世界の人に……平凡を絵に描いたような自分が、これからサービスをする。

そう思うとちょっと緊張する。

気持ちを整えて控えめにノックをし、チーフに言われたとおり、返事を待たずにドアを開ける。

踏み込みスペースから中に入ると、そこはリビングで、六人用の大きなダイニングテーブルに置かれたパソコンに向かって、高見原が座っていた。

彫りの深い整った顔が、真剣にパソコンを見つめていたが、直央が入っていくと、ちらりとこちらを見て――

次の瞬間、ぎょっとしたように立ち上がりながら、テーブルの上に置かれていたサングラスをさっとかけた。

「いつもの係じゃないのか」

訝《いぶか》しげな声に、直央は慌てて頷いた。

「はい、牧原は手が空かず……私で失礼いたします」

そう答えつつ、直央は直央で驚きを抑えきれずにいた。

サングラス。

どうして慌ててサングラスをかけたのだろう。

今日の高見原は、ロビーでも帽子とサングラスとマスクでまるで変装をしているようだったが、部屋の中ではずしていたようなのに、自分の顔を見た瞬間に……牧原ではないとわかった瞬間に慌てたようにサングラスをかけたのだ。

三つ揃《ぞろ》いの上着を脱ぎ、ベスト姿でワイシャツの袖も捲《まく》っているラフな姿なのだが、そこにサングラスが加わると少しばかり「裏の世界」的な雰囲気になって、それはそれで似合うことは似合うようにも思うのだが……

いや、だが今はそんなことを考えている場合ではない。

どうやら声は出してもよさそうなので、ワゴンをテーブルの傍らにつけ、尋ねる。

「お食事、こちらでよろしいでしょうか」

「あ、いや、そっちのテーブルに」

高見原は、ダイニングテーブルではなく、ソファセットのローテーブルを示した。

なんということのない会話だが、やはり高見原は声もいい、と思う。

低くて胸のあたりによく響く、一度聞いたら忘れられないような声。

そしてその口調も、きびきびとしていて威厳がありつつ尊大すぎない、独特のものだ。

やはり、この人の声はこれまで聞いた中でダントツにいい、と感じる。

サンドイッチとコーヒーをテーブルに並べながら、直央は、その声をもうちょっと聞きたい、という誘惑にかられた。

「コーヒーはお注《つ》ぎしてよろしいでしょうか？」

言わずもがなのことではあるが、言ってもおかしくはないだろうという言葉を選ぶ。

「……頼む」

高見原はそう答え、ゆっくりとソファに腰を下ろし、銀色のポットからカップにコーヒーを注ぐ直央の手元をサングラス越しにじっと見ている。

ちょっと緊張しつつもコーヒーを注いで、高見原の手元にカップを置くと、高見原が少し躊躇いながら尋ねた。

「きみ……名前は？」

「え、あ、はい、と、友部と申します」

直央は驚いて口ごもりながら答え、胸の名札を高見原に見えるよう少し身体の向きを変えた。

客に名前を尋かれることなどめったにない。

何しろ直央は常に、「制服を着ている個別認識できない誰か」でしかないのだから。

いや……今日は、最初の女性客に「友部くん」などと呼ばれたし、珍しいことが重なる日なのかもしれない。

すると高見原はまた少し躊躇い、そして言った。

「前に一度、何か落として拾ってもらったことがあるな」

「は、はい！　カードケースを……ご記憶でしたか！」

直央はまたまた驚いた。

そう、確かに……一度だけ高見原と言葉を交わしたことがあるのは、そのときだ。

颯爽とロビーを横切る高見原を無意識に目で追っていたら、ポケットから何かを取り出した瞬間に、革のカードケースがぽとりと絨毯《じゅうたん》の上に落ちたのだ。

直央は慌ててそれを拾い、

「お客さま、こちら落とされました」

そう声をかけ……

振り向いた高見原は、表情をぴくりとも動かさず、

「ああ、ありがとう」

そう答えてカードケースを受け取り、歩き去った。

直央にとっては「あの高見原さまと言葉を交わした」「近くで聞いたらやはりすごくいい声だった」と印象的な出来事だったが、まさか高見原が直央を個別認識し、覚えてくれていたとは想像もしていなかった。

「カードケース、だったかな……？　拾ってもらったことはもちろん、覚えているよ」

高見原は頷き、コーヒーカップを手にしてから、再び尋ねる。

「きみは、どうしてこの仕事を？」

高見原は雑談をしたい気持ちなのかもしれない、と直央は思った。

根を詰めて仕事をしていて、コーヒーブレイクにちょっと会話もしたくなったのだろう。

直央にとっては、思いがけないラッキータイムだ。

「学生時代から客室係のアルバイトをしておりまして、その流れで……卒業後もお世話になっています」

そう答えると、サングラス越しに、高見原がわずかに眉を上げたのがわかった。

「流れで？　正社員なのか……ホテルマン志望だったのか？」

「いえ」

直央は首を振った。

「希望していた就職がうまくいかなかったので……社員ではなくフルタイムのアルバイトなんです」

とはいえ仕事には全力で向き合っているつもりだが、そこまで言うのも変だろうか、などと思っていると……

「客室係というのは清掃やなにかだろう？　きみなら他にいくらでも職を選べそうだが、ずいぶんと地味なバイトを選んだものだな」

直央は一瞬、何を言われているのかわからなくて混乱した。

他にいくらでも選べる……？

この自分が？

高見原は、誰かと勘違いしているのではないだろうか。

「……お……じゃない」

俺じゃない、私だ。落ち着け自分、と直央は言い直した。

「私などそんな、特に何かに秀でているわけでも、優れた特技があるわけでもないですし」

これだけではなんだか後ろ向きで不本意な気がして、ちょっと慌てながら付け加える。

「それに裏方の仕事は裏方の仕事で、やりがいもありますし、面白いこともありますから」

高見原は無言で直央を見上げた。

サングラスの色が濃いので、どんな目で直央を見ているのかわからないが、なんとなく驚いたような、不思議そうな顔をしているような気がする。

そのまま高見原は無言で……

「……あの」

直央はなんとなく居心地が悪くなってもじもじした。

「よろしければ、アメニティのチェックなどさせていただいてもよろしいでしょうか」

高見原ははっとしたように頷いた。

「ああ、頼む」

「それでは失礼いたします」

直央は、高見原が自分を目で追っているような気がして、それこそ「自意識過剰」だと思いつつ、ぎくしゃくと隣のベッドルームに続く、半開きになっていた扉に向かった。

このスイートにはワイドダブルのベッドが二台あるが、高見原は手前側の一台だけを使っているようで、窓際の一台はきちんとベッドメイクされたままだ。

ベッドと反対側にあるパウダールームに入り、直央はなんとなく奇妙な感じがした。

何が、なのかわからないが……なんとなく変、だ。

スイートのアメニティはガラスのボトル入りの男性向け高級ブランドが用意されていて、そこに高見原の私物らしいひげそりなども並んでいるが、特におかしなものはない。

バスルームのシャンプー類もチェックし、ボディシャンプーが半分程度になっていることを頭に入れて、直央はリビングに戻った。

高見原はサンドイッチを食べていたが、サングラスはしたままだ。

「失礼いたしました」

直央は高見原の前に立った。

「後ほど、バスルームのアメニティ類の補充に係が伺います。事前にご連絡さしあげたほうがよろしいでしょうか」

「……いや」

高見原は顔をあげて首を振ったが、やはりサングラス越しに直央をじっと見つめているような気がする。

普段の直央だったら、とても印象に残りにくい顔なので必死に「どんな顔だったか」脳内メモでも取っているのかも、と思うところだが……なんとなく、そう、本当になんとなく、としか言いようがないのだが……今朝からずっと感じている奇妙な空気感に通じるものがあるように思う。

だがとにかくその空気感の正体がわからない。

いっそ本当に、頭のてっぺんにカラスのフンがついているとかだったら納得がいくのに、とすら思えるほどだ。

「あの……」

直央は落ち着かない気持ちで、言った。

「よろしければ、ブラインドを少しお下げいたしましょうか」

「え」

高見原は少し驚いたような声を出す。

室内でのサングラス使用は、ブラインドもカーテンも開け放った室内が明るすぎるからだろうかと思ったのだが、違ったのかもしれない。

「あ、いえ、もし少し明るすぎるとお感じでしたら……差し出がましいことでしたら申し訳ありません」

慌てて直央はそう言った。

「他に何か、ご用がなければ失礼してよろしいでしょうか」

高見原とこうして会話できるのは「特別感」があって嬉しいことは嬉しいのだが、仕事中のコーヒーブレイクにあまりうるさくしてもいけないし、妙なことを口走ってもいけない……引き際だ。

「……ああ」

高見原が頷いたので、

「それでは、後ほどお下げしに参ります」

直央はそう言って頭を下げ、空のワゴンを押して部屋を出ようとした瞬間——

直央ははっとした。

鏡がない。

扉を入った踏み込み部分に、必ずあるはずの鏡が、この部屋にはない。

そうだ、パウダールームやバスルームでもなんだか「変」と感じたのは……鏡がなかったのだ……！

部屋の中のどこにも、鏡がなかった。

スイートルームの長期滞在客に対しては、客の好みを入れて調度品の入れ替えなどもするが、だとすると高見原の好みは「鏡は取り払え」ということなのだろうか。

……どうして？

直央が高見原ほど容姿に恵まれていれば、しょっちゅう鏡を覗き込んでしまいそうだ。

だが生れつきの美形だと、そんな自分の顔にも飽きてしまうのだろうか。

そもそも鏡が全くないと、洗面時などに不便ではないのだろうか。

だが……それは、お客のプライベートだ。

扉を閉めて廊下に出ると、ワゴンを押してエレベーターに向かった。

今日は一日がなんだか長い。

そう感じながら直央は残りの時間を忙しく過ごした。

どういうわけかロビーにいると客とよく目が合い、トイレやカフェの場所を尋かれたり、ホテル周辺の穴場の店などを尋かれたりする。

普段から何か迷っていそうな客には自分から「何かお探しでしょうか」と声をかけるのだが、首を振って無言で離れていく客も多い。

それなのに今日はほぼすべての客が、自分から直央に声をかけてきたり、直央の顔を見てちょっと驚きを見せつつ、その場で何か無理矢理ひねり出したような質問をしたりする。

直央としてはそのたびに「何か変」とは思いつつ、お客の役に立てることは嬉しいので賢明に対応しているので、いつもよりかなり「忙しい」感じがするのだ。

そして、夜八時を回った頃、一人の中年の男性客がロビーに現れた。

「いらっしゃいませ」

直央が歩み寄ると、男はじろじろと直央の全身を見つめ、にやりとした。

「予約している有村《ありむら》だが」

「有村さまですね、フロントにご案内いたします。お荷物、よろしければお預かりいたします」

男が転がしていたスーツケースを受け取り、フロントに向かって「有村さま、ご到着です」

と声をかけると、フロントがチェックインの対応をはじめる。

フロントから男の部屋のキーを受け取り、「お部屋にご案内いたします」と先に立って歩き出しながら、直央は、なんだか男の距離が近い、と感じていた。

ほとんど隣にぴったりと並ぶように歩く客は珍しい。

「お泊まりのフロアへは、こちらのエレベーターからにな……」

「知ってる、もう何度も泊まってるから」

館内の説明をしようとした直央を、男は遮った。

常連客の顔はある程度見覚えているつもりだが、もちろんシフトとチェックイン時間の関係などで覚えていない相手もいる。

「失礼いたしま……」

「きみさあ、友部くん、だよね？」

エレベーターに乗り込むと、やはり奇妙に近い位置に立って、男が言った。

名札をつけているのでもちろんわかるのだが、今日はいやに客から名前を呼ばれる日だ。

その声に、なんだか粘ついたものを感じる。

そうだ……電車の中で痴漢に遭ったような気がした後、窓ガラス越しに目が合った男の視線と、似た気配。

いやいやいや、そもそもあの痴漢じたいが勘違いだったのかもしれないし、そんな疑いを向けた相手と、お客を一緒にするのは失礼だ。

そう思いつつも、じわりと不安がこみ上げてくる。

「はい……」

答えながら直央は、じり、と男から半歩離れた。

しかし男はさらに距離を詰めてきて、直央の顔を覗き込んだ。

「ここ、長いの？」

「……いえ、まだそれほどでは……」

直央は必死に、こういう場合の対応マニュアルを思い出そうとしていた。

プライベートなことを客に尋かれた場合どうすればいいか。

割合そういうことを尋かれがちな同僚なら頭に入っているだろうが、何しろ直央には存在感というものがなく、こんなことははじめてなのだ。

「なんでこんな仕事してるの？　ここって、お給料どれくらい？」

まともに返答するのではなく、何かさらりと躱《かわ》すような返事があったはずだが思い出せない、と焦っていると、エレベーターが目的の階に到着して、直央はほっとした。

扉が開き「どうぞ」と客を促し、男が先に降りる瞬間、直央の臀のあたりに何かが触れたような気がした。

今朝の痴漢（疑い）の感触が蘇《よみがえ》る。

まさか……いや、あまりに距離が近かったので、偶然触れたのかもしれない。

直央は湧き上がりかけた嫌悪感を無理矢理抑え込んだ。

「こちらになります」

廊下を、先に立って部屋へと向かう。

鍵を開け、扉を開け、そして男を先に部屋に入れ、直央も続く。

「お荷物こちらでよろしいでしょうか」

「ああ、適当に」

ベッドサイドに立って、男は頷く。

「お部屋のご説明はよろしいでしょうか?」

常連だと言っているのだから必要ないだろうと思いながら直央が確認すると、男は首を振った。

「このタイプの部屋ははじめてだから、一応説明してよ」

このタイプと言っても、下から二番目ランクの、一番数が多いシングルだ。

「……かしこまりました。それでは、こちらが空調のパネルになります。全館空調で気温は一定になっておりますので、オンオフと、強弱だけお選びいただけます。今は弱になっております」

「あ、じゃあ強にして」

男がそう言ったので、直央は空調パネルに向かった。

そのとき、部屋の奥にいた男がさっと直央の脇を通って、ドア脇のクローゼットの前に立った。

直央と扉の間にあたる位置だ。

「上着、ここに入れていいんだよね？」

そう言って男はクローゼットの扉を開け、上着のボタンをはずす。

だがそれを脱ぐわけでもなく、直央をじっと見つめたまま、男はまた尋ねた。

「きみさあ、下の名前、なんていうの？」

「……は」

やはりこれはおかしな状況だ。

「個人的な……ご質問には……お答えしかね……」

そうだ、そう答えればいいのだった、となんとかマニュアルを頭の隅から引っ張り出す。

「もったいぶるなあ」

男はにやにやと笑った。

「慣れてない様子が却《かえ》ってわざとらしいと思わないか？」

慣れてない……何に⁉

じり、と男が一歩踏み出し、直央は一歩下がる。

部屋の奥に向かって。

さすがの直央にも、いくらなんでもこれはおかしい、とわかる。

どういうわけかこの男は直央に対して、何かおかしな考えを抱いているとしか思えない。

「あ、あの」

声が掠《かす》れた。

男はさらに距離を詰める。

「そもそも、その顔でこんな仕事してるってことは、金を持ってそうな相手でも探してるんじゃないのか」

その顔ってどの顔のことだ、と直央は混乱した。

地味で特徴のない、この顔のことなのか。

「もったいぶるなよ、いくら払えばいいんだ?」

粘ついた、不穏な、不気味な、声音。

払う?

何を?

何に対して⁉

想像もつかないというか、想像したくないというか、想像しようとしても脳が拒否するというか、とにかく——

ここから逃げ出したい。

それだけは確かだ。

だがまさか客を突き飛ばしたり押しのけたりするわけにもいかない。

あとでクレームになって、どうしてそんなことをしたのか尋かれても、答えようがない。

なんだか変な気がして、としか言えないのだから。

男は混乱し怯《おび》えている直央の様子を、楽しんでいるようにも見える。

固まったまま男と向かい合っていたのは、直央には永遠と思えたが、一瞬だったかもしれないし、数分だったかもしれない。

ついに直央は我慢できなくなって一歩踏み出した。

「し、失礼します!」

そう言いながら男の脇をすり抜けようとしたが……その瞬間、男が直央の二の腕を摑んだ。

「あ」

ぐいっと身体が引かれ、次の瞬間、直央はベッドの上に転がされていた。

男がすぐにのしかかってくる。

「な、何を……」

「そろそろいいよ、うぶなふりは」

男ぽ口調が物騒な響きを含んでいる。

両方の二の腕をがっしりとベッドの上に押さえつけられ、体重をかけられているので、身動きできない。

これは——もう「まさか」などとは言えない——襲われているのだ。

自分が襲われている、しかも同性に……というあまりの現実感のなさに、直央はくらくらした。

押しのけて、はねのけて、逃げるべきだ。

そう思っているのに身体が動かない。

直央が抵抗しない、抵抗できないのに気付いてか、男が片手で直央の胸のあたりを探りはじめる。

真っ平らな男の胸を服の上から触って何が楽しいのかちっともわからないのだが、とにかく直央は「気持ち悪い」としか思えない。

「あ、あのっ」

直央はなんとか声を振り絞った。

「は、放してください……っ」

「そうはいかない」

男はみじろぎした直央の動きを封じるように、直央の腿《もも》のあたりに片膝を乗り上げた。

「い、いたい……っ」

「抵抗しなきゃ、痛くしないよ」

男の手が胸から離れ、突然股間を握った。

「うわっ」

「もう少し色気のある声が欲しいな。それに全然興奮してないじゃないか」

興奮なんてするわけあるか。

だが、男が直央の片手を持って自分の股間に近付け、無理矢理触らせると、直央の掌《てのひら》に、ズボンの布越しに熱く大きくなったものの感触がはっきりとわかった。

間違いなくこの男は、自分に性欲を向けている。

どうしてこんなことに。

「やめっ……やめて、くださ……っ」

「どうしたら黙るのかな」

男は呆れたように言って、直央の手を放してその手で自分のネクタイをしゅっと解いた。

まさかそれで……縛るとか……猿ぐつわとか……

どうしよう。

助けて。誰か、助けて。

絶望的に直央が心の中で叫んだとき――

ピンポン、と明るいチャイム音が室内に響いた。

男がびくりとして扉のほうを見る。

すると再びチャイムの音がして、それからノックと同時に声が聞こえた。

「失礼いたします、有村さま」

飯田《いいだ》という宿泊部主任の声だ、と直央は気付いた。

「たす――」

声を上げかけたが、男が掌で直央の口を塞いで押さえつける。

「有村さま、お部屋にご案内したベルボーイを探しております。ちょっとお話をお伺いしてもよろしいでしょうか」

男は無言だ。

そして直央は、口と一緒に鼻まで塞がれて、声を出すどころか息もできない。

そのとき……

「開けろ、私が責任を持つ」

飯田ではない誰かの声が聞こえた。

聞き覚えがある……しかしまさか、今ここで聞くとは思えない声。

「開けろ！」

その声が強く命じ、そして、マスターキーで扉が開けられる音がした。

「くそっ」

直央にのしかかっていた男が体勢を変える前に、扉が勢いよく開き、二人の男が部屋に飛び込んできた。

飯田と——高見原だ。サングラスをかけたままの。

スイート滞在中の客である高見原がどうして⁉

「何をする……」

男が慌てて上体を起こすのと同時に、突進してきた高見原が男の胸ぐらを掴んで軽々と吹っ飛ばした。

「うわ！」

ベッドの下に転がり落ちた男には目もくれずに、高見原は直央を助け起こした。

「きみ、大丈夫か」

助けに来てくれたのだ……高見原が、どういうわけか、飯田と一緒に。

助かった。

そう思った瞬間、全身の力が抜ける。

「怪我《けが》は」

サングラス越しではあるが、高見原が気遣うように自分を見ているのがわかって、直央はなんとか、首を振った。

視界の端では、飯田が男を視線で威嚇しつつ、館内用のＰＨＳでどこかに連絡している。

三十前後で長身の、髪をきちんと撫でつけた、華やかではないが鼻筋の通った男らしい顔立ちの飯田は、いかにも典型的な「ホテルマン」だが、男を睨《にら》む視線にはなかなかの迫力がある。

「立てるか」

高見原の声が少し声のトーンを落とし、穏やかに尋ねた。

はい、と答えようとしたが喉に何か詰まっているようで声が出ず、直央は頷く。

立ち上がろうとして、直央は足に力が入らないのに気付いた。

「……っ」

膝がへたるような感じで、立ち上がれない。

これはもしかして……腰が抜けた、という状態だろうか。

ベッドの上に手をついて支えようとしても、その手もわなわなと震えている。

と……

「失礼するよ」

高見原がそう言いながら、直央の膝裏と背中に手を当て、掬《すく》い上げるように直央を軽々と抱き上げた。

「きみ、彼をどこかでゆっくり休ませられるか」

高見原が飯田に声をかけ、飯田が直央の様子を見ながら、ちょっと考える。

「休憩室……では、落ち着かないでしょうし」

「では、私の部屋に連れて行く。その男はきみ一人でなんとかなるか」

「あ、今応援が来ますので」

飯田がそう答えたときには、廊下に複数の足音が聞こえ、すぐにフロアや警備の担当者が入ってくる。

「友部くん、大丈夫か」

自分の名前を知っているとは思わなかった警備担当からまでそんな声をかけられ、直央は驚いていた。

みんなに心配をかけてしまった。

どうして自分がこんな目に遭ったのかもわからないし……それより何より、どうして危ういタイミングで飯田と一緒に高見原が現れたのかもわからない。

「……少し、我慢しろ」

直央を抱いたまますたすたと廊下を歩きながら、高見原が低い声で言った。

「私に運ばれるなど不愉快かもしれないが……もし、気持ちが悪くなったりしたらすぐ言ってくれ」

不愉快なはずがない、と直央は思った。

高見原の腕は逞《たくま》しく、肩幅が広く胸板も厚い、男らしい体格にはなんの不安もないし……

むしろ、とても安心感がある。

ただ、いつも遠くから見ていて、見かけられた日はラッキー、くらいに勝手にレアキャラ扱いしていた人に、こんなふうに抱きかかえられていることが、なんだか恥ずかしくて、そしてどきどきする。

スイートに入ると、高見原は慎重に直央をソファの上に降ろした。

「座れるか、大丈夫か」

一歩離れ、高見原が尋ね、直央は頷いた。

まだ足はがくがくしているが、座っているぶんには問題ない。

だが、ほんの数時間前に高見原が座って、自分がコーヒーを出したソファに、今度は自分が座っているのは妙な気がするし、落ち着かない。

高見原はすいとソファから離れ、部屋に備え付けの冷蔵庫からミネラルウォーターのボトルを出して、直央に差し出した。

「こんなものしかないが……と、私が言うのも変だが」

確かにこれは、ホテル側が用意しているものなので、客である高見原が従業員である直央にそう言うのも変なのかもしれなくて、それでも高見原の気遣いが嬉しく、直央は思わず口元を綻ばせ、ボトルを受け取った。

喉がからからに渇いている気がして、水分は本当にありがたい。

数口飲んでから、直央は咳払《せきばら》いし、ようやく喉がほぐれて声が出るような気がした。

「ありがとうございました」

ソファの脇に立って、サングラス越しにこちらを注意深く見つめてくれている高見原に、ようやく直央はそう言って頭を下げた。

「助かりました……あの、でも、どうしてあそこに……?」

「……ロビーで見かけたんだ」

高見原は苦々しい口調で言った。

「ロビーラウンジで社のものと会っていたところで……きみがあの客を案内しているのを見かけて、すぐにあの男の様子がおかしいことに気付いた」

「様子が……?」

「明らかにきみにおかしな下心を持っている様子で、それなのにきみは全く気付いていない無防備な感じだったので心配になって、すぐにフロントに言った」

自分におかしな下心を……そこがまず直央にはよくわからない。

いや、確かに最初から距離感がおかしかったし、エレベーターの中で触られたのも勘違いではなかったのだろうし、実際に襲われたのは事実だ。

高見原が気付いてくれなかったら、どうなっていただろう。

男である自分が、男に襲われる。

もちろん男同士でそういうことがあり得るのは知っているし、密室で誰にも気付いてもらえなかったら、最悪どういうことになっていたかの想像もつく。

直央はぶるりと身体を震わせた。

「本当に……ありがとうございました……！」

高見原の顔を見てそう言いながら、相手のサングラスがもどかしい、と思う。

サングラスを取って目を見せてくれればいいのに。

彼が、少し切れ長の二重の、凛々《りり》しく美しい目をしていることは遠目に見て知っている。

その目を見ながら、ちゃんとお礼を言いたいのに。

と……

部屋のチャイムが鳴った。

高見原が早足で扉を開けに行くと、さきほど助けに来てくれた宿泊部主任の飯田と、ロビーのフロアチーフである高梨が入ってきた。

高梨はベルボーイである直央の直接の上司なので、飯田が連れてきたのだろう。

飯田は、直央のような存在感のないアルバイトもきちんと顔と名前を一致させてくれる、頭がよくて細かいことに気配りができる人だ。

「友部、災難だったな。大丈夫か」

高梨が尋ね、直央は頷いた。

「あの男はどうした」

高見原が飯田に尋ねる。

「とりあえず、部屋に。警察沙汰にするべきかどうか、まず友部くんの意見も聞いてからと思いまして」

「え」

警察沙汰、という言葉に直央は慌てた。

「いえいえいえいえ、そんなの！　だめです！」

「なぜ？」

高見原が穏やかに尋ねる。

「もちろん、被害者として証言しなければいけない心理的な負担はあるだろうが……」

「いえ、そうじゃなくて！」

直央は必死に、自分の考えをまとめようとした。

「それでホテルの名前が出ちゃったりとか！　ホテルについて変な噂が立っちゃったりとか、ネットで話題が出て他の従業員に迷惑がかかったりとか……いろいろ危ないじゃないですか。俺は本当に、たいしたことされてないんで……俺も気をつけければよかったのにぼーっとしてたんだと思うんで、警察沙汰はいいです、っていうかダメです、本当に！」

高見原は飯田と高梨を見た。

「彼は……こうなのか」

「ええ、まあ」

高梨が苦笑し、飯田が真面目な顔で頷いた。

「ちょっと自覚が薄いと言いますか……それでもいつもは、もう少し慎重に振る舞っているように思うのですが」

自覚というのはなんだろう……自分がいつもより慎重ではない、というのもよくわからない。

そもそも飯田は、宿泊部の一番上の人、という感じで普段直央と直接言葉を交わす機会もあまりない人なのに、直央の顔と名前が一致しているだけでなく、直央についてよく知っている感じなのが驚きだ。

だがとにかく直央としてはもう、今日はあまりにもいつもと違って変なことが多く、頭の中がごちゃごちゃだ。

「それじゃ」

飯田が咳払いをする。

「どうするのが、きみの希望？」

高圧的ではない穏やかな口調は、責めている感じではない。

「俺は……じゃない」

さっきから、客である高見原の前でずいぶんな言葉遣いをしていることに気付いて直央は赤くなった。

「私は、あの人を出禁くらいにしてもらえれば……それで……」

「もちろんそれは、そのつもりだが」

「じゃあそれで！」

じゅうぶんだ。そうでなくとも今日は、平凡で存在感がない自分にしてはおかしなことが起きすぎていて、神経がへとへとだ。

大事にしてほしくない。

「では、その旨を告げて穏便にお引き取り願おう」

結論が出た、という口調で飯田が言うと……

「ちょっと待て」

高見原が強い口調で言った。

「このままではまた同じようなことが起きるぞ」

飯田と高梨が顔を見合わせる。

「それは……じゅうぶんに注意して、再発を防止……」

飯田が言いかけると、

「どうやって？」

高見原が遮って腕組みをする。

「そもそも配置が悪いのではないのか？　彼のような子を、誰に目をつけられるかわからないロビーに置くなど」

「それはそうなんですが……」

飯田が口ごもった。

常にぴしっとした理想的なホテルマンに見える飯田が、こんなふうに戸惑った顔を見せるのは珍しい。

そして「彼のような子」というのはどういう意味だろう、と直央はやはりわけがわからない。

すると高見原が言った。

「彼には客室係の経験もあると聞いている。今日ルームサービスを頼んだが、いい仕事ぶりだった。私の滞在中、彼をスイート担当にしてくれないか」

「え⁉」

思いがけない言葉に直央が思わず声を上げると、高見原がはっとしたように直央のほうに顔を向けた。

「いや、きみがいやだと言うのなら無理強いはしないが……その間に再発防止策を練ってもらうことも可能なのではないかと思う。スイートなら他の部屋の客も、それほどたちが悪くはないだろうし」

相変わらずサングラス越しで表情は読めないが、真剣に提案してくれているのはわかる。

それに、ルームサービスのときの直央の仕事ぶりを気に入ってくれた、というのも嬉しいことだ。

「仕事ぶりを評価してということならこちらとしてもありがたいお申し出だが」

飯田が少し首を傾げ、直央を見る。

「友部くん、どうだ?」

直央は勢いよく頷いた。

「嬉しいです!」

高見原が自分を気に入ってくれたのが、直央には嬉しい。

きのうまで雲の上の人で、自分との接点などないと思っていた人に、名前を覚えられ、危ないところを助けられ、その上に仕事ぶりを気に入って担当させてもらえるなら、こんなに嬉しいことはない。

「あ、でも」

直央はふと不安になった。

「配置換えだと……牧原さんは……」

現在のスイート担当は、牧原という社員だ。

ちょっとしたアイドルばりの美形で、当人も多少それを鼻にかけているところはあるものの、仕事はそつがなく客からの評判もいいはずだ。

「彼にはそろそろ、フロントの研修に入ってもらってもいいと思っていたから」

飯田の言葉に、直央はほっとした。

それは、昇格ということになるはずだ。

「それでは、友部はしばらくスイートを担当させます」

飯田は、高見原に向き直った。

「高見原さまには、従業員を助けていただき、心より感謝申し上げます。後ほど上のものが、改めてご挨拶《あいさつ》に伺いますので」

「まあ、そちらとしてはしなくてはいけないことなのだろうから」

挨拶などいらないのだが、という口調で高見原は答え……

「友部、立てるか?」

高梨に促され、直央は頷いて立ち上がった。

もう大丈夫だ。

腰が抜けるなどという経験ははじめてだったが、足はちゃんと床を踏みしめている。

「高見原さま、ありがとうございました」

頭を下げると高見原は無言で頷き……

直央は高梨と飯田に伴われて、高見原の部屋を出た。

長かった一日がやっと終わり、ロッカールームに入ると、着替えていた数人が会話をぴたりとやめたのがわかった。

まだこの「変な感じ」は続いているのかと思いながら、直央はその中にスイート担当の牧原がいることに気付いた。

担当の交代について、自分から何かひとこと言ったほうがいいだろうか。

そう思ったのだが、直央が口を開く前に、牧原が隣にいた同僚に聞こえよがしに言った。

「あーあ、顔がいいって得だよなあ」

それって牧原自身のことを言っているのか？　と直央は思った。

少なくともロビーや客室担当の若い従業員の中で、一番のイケメンであることは本人も自覚しているはずだ。

だが……

「ほんと、それで担当選べちゃうんだからいいよな」

「スイートの客に顔で取り入ったってことだろ」

牧原に答えている他の同僚の声の、意味がわからない。

直央の「顔がよくて」「高見原に顔で取り入った」と聞こえるのだが。

なんの嫌みだよ、と直央は思った。

このホテルの従業員の中で、自分が一番平凡で印象の薄い顔をしていることくらい百も承知だ。

顔で取り入ったなどという言葉をよりによって牧原に言われるなんて、皮肉にもほどがある。

だがまあ……気にしないことだ、と直央は思った。

牧原だってフロントに昇格とはいえ、急に配置換えがあったら面白くないのは当然だ。

本当はスイート担当の引き継ぎで、客ごとの注意点などを教えてほしいところだが、今余計なことを言っても牧原を刺激するだけだという気がする。

引き継ぎはフロア担当を通したほうがよさそうだ。

そう考え、直央は着替え終わってロッカーを閉めると、「お先に失礼します」と丁寧に頭を下げてロッカールームを出た。

帰り道でも、今日一日感じていた「変」は続いていた。

電車の中で感じる視線。

帰りに寄ったコンビニでも、店員がちらちら自分の顔を盗み見ている。

挙げ句の果てに、コンビニを出たときにすれ違った若い女の子の二人連れが、「今の美形見た？」と小声ながら興奮した様子で囁《ささや》き合っていたことだ。

思わずあたりを見回したが、周囲に他に人影はない。

だとすると……自分のことを言っているのだろうか。

これはやはり大がかりなドッキリだ。

何かで自分がその対象に選ばれて、世の中全部がグルになって自分をからかっているのだ。

そうとしか思えない。

もしそうだとしたら、明日にはすべて元通りになっているだろう。

誰も自分に注目しないどころか、気付いてさえもらえないような生活に。

そうしたら……スイート担当の話もなかったことになるのだろうか。

高見原も、直央のことなど忘れたような顔で素知らぬふりをするのだろうか。

いくらなんでも、あの人がそんな「大がかりなドッキリ」に加担するとは思えないのだが
……

そんなとりとめないことを考えつつ、狭いワンルームマンションに帰り着き、鍵を開け、中に入り、閉め――

「え!?」

直央は思わず声を上げた。

鍵が。

鍵が多い。

外から普通の金属キーで開けるタイプの鍵と、安っぽいチェーンは最初からついているのだが、その他に見覚えのない、明らかに後付けの金属製ロックが、三個もついている。

ぎょっとして直央は振り向いて室内を見た。

間違って違う部屋に入ってしまったのかと思ったのだが……そこは見覚えのある、自分の部屋だった。

カーテンの模様も、ロフト下の狭いスペースに置いてある小さなテーブルと椅子も、横にして二つ重ねたカラーボックスも、明らかに自分のもの。

じゃあこの鍵は⁉

もう一度振り向いてまじまじと扉を見る。

そうだ……今朝、慌てて家を飛び出すときに、なんだか違和感があったのだ。

それは、この鍵の数だったのだ。

ということは、今日の昼間、留守の間に誰かが侵入してつけた、ということではない。

直央は靴を脱ぎ、おそるおそる室内に入った。

中途半端に開いているカーテンを閉めようとすると……窓にも、後付けのロックがついている。

慌ててカーテンを閉め、直央は室内の点検をはじめた。

まず気付いたのは、カラーボックスの上にある、サングラスだった。

色の濃い、フレームが違うタイプのサングラスが二つ。

こんなものは知らない。

その代わりに、いつもここに置いてある小さな時計がない。

隣にあるクローゼットを開けると、見覚えのある自分の服。

だが……これはなんだ？

見覚えのない、百均で売っているようなプラスチックの籠があり……その中にはいくつもの帽子が入っている。

つばの深いキャップばかりだ。

直央には帽子をかぶる習慣はないのに。

おかしい。

自分の部屋なのに、自分ではない誰かの部屋のようだ。

他には……？

玄関脇の小さなキッチンでは、今朝顔を洗った。

あのときは何も感じなかったように思うが……急いでいたから気付かなかったことがある

だろうか。

深めのフライパンがひとつ。コップと食器が最低限。洗面道具。

それらにはみな見覚えがあったが、何か足りない。

――鏡だ。

棚から紐《ひも》で小さな鏡を吊《つる》してあったはずだが、それがない。

鏡！

そうだ、カラーボックスの上にあったはずの時計も、鏡付きの置物に時計がついているものだったのだ。

慌ててロフトのはしごをよじ登ると、今朝起きて飛び出したままの布団があるが、枕元の小物入れに入れてあった小さな手鏡がない。

ロフトで寝ながら下にあるテレビを見るというずぼらなことをするときに重宝しているのだが、それが……ない。

どういうことだろう。

そういえば高見原のスイートでも、鏡が取り払われるか覆われるかしていた。

寝ている間に、全国的に鏡禁止令でも出た……いやいやいや、バイト先のロッカーの内側には、ちゃんと鏡がついていた。

この部屋に、鏡はあとひとつ。

シャワーブースだ。

ロフトから降りてシャワーブースに飛び込むと――

鏡は、あった。

ただし、ビニールのシャワーカーテンで覆われている。

もちろん、こんなものは知らない。

昨夜雨に降られて帰ってきてシャワーを浴びたときには、当然こんなものはなかった。

どうなってるんだ。

恐怖というよりはわけのわからなさに混乱しつつ、直央はそっとカーテンを捲ってみた。

カーテンの裏に、いつもの位置に、鏡はある。

そして鏡には当然、自分の姿が映っている。

そろりそろりとカーテンを捲り上げると、自分の全身が見える。

見慣れた、見飽きた、平凡で特徴のない顔。

だが待て。

何か、変だ。

鏡に映る自分の手には……捲り上げたはずのカーテンがない！

「え」

思わず声を出した瞬間――

「あ！　いた！」

違う声が聞こえた。

いや、声そのものは自分の、しかし出した覚えのない、言葉が。

そして鏡の向こうの自分が、慌てたように両手を鏡につけた。

掌がはっきりと見える。

慌てて後ずさりしようとしたが、何しろ半畳程度のシャワーブースでは一歩下がるのが限界だ。

すると……

「ねえ、俺だよね⁉　そっちにいる、こっちの俺だよね⁉」

鏡に映っている……というか、鏡の向こうにいる直央が叫んだ。

そうだ、鏡の向こうに、映っているのではない、別の自分がいるのだ。

そして、そっちとかこっちというのはなんなんだ。

「ど……どうなって……」

後ずさりの限界でシャワーブースの壁にぴったりと背中をつけて直央が呟くと、向こうの直央が言った。

「あの！　信じられないかもしれないけど、たぶん俺たち入れ替わったんだ！」

入れ替わった？

「ど……どういう……こと……？」

「よく似た違う世界なんだよ！　たぶん俺が悪いんだ。いやなことが重なって、昨夜、全く違う世界に行きたいってほんとに、本気で強く願ったんだよ……朝起きても別に変化がないと思ったんだけど、よく見たらいろいろ違って……そっち、他に鏡ないよね？」

向こうの直央が必死で言っている言葉を、直央は理解しようともがいた。

「鏡……ない……ここのは、カーテンかかってたし……」

「だって俺、鏡大っ嫌いだから。でもそっちの俺はそうじゃないんだよね？」

直央はなんとか頷いた。

「別に、映るのはたいした顔じゃないし、身支度するのに必要だし……」

「たいした顔じゃない！」

向こうの直央が大声で繰り返した。

「たいした顔じゃないんだよね⁉　鏡はあるし、帽子やサングラスはないし、こっちの俺はなんて無防備なんだろうと思ったんだけど……たいした顔じゃないんだね⁉」

向こうの直央はなんだか嬉しそうだが、こう「たいした顔じゃない」を連呼されるとなんだか複雑な気分だ。

しかし向こうの直央は、すぐに申し訳なさそうな顔になる。

「俺、ただ違う世界に行きたいって思っただけなんだ。入れ替わって、そっちにいった俺に

迷惑をかけるつもりはなかったんだ。まさか本当にこんなことが起きるなんて思わなかったし……」

「ええと、じゃあ」

直央は混乱しながら尋ねた。

「俺たち……よく似た違う世界にいて……それで、入れ替わった……ってこと……？」

違う世界の自分と入れ替わるなんてあまりにも非現実的だが、今日一日の違和感が、似ているけれど違う世界にいるせいだと思えば納得がいくのは事実だ。

「そうなんだ……ごめん」

向こうの直央はしゅんとする。

それは当然、落ち込んでいるときに鏡で見る自分の顔なので、直央としても強く責める気持ちにはならない。

「どうやったら戻る？」

「わからない」

向こうの直央は首を振った。

「昨夜、違う世界に行きたいって思っただけだから。もしかしてそっちの俺も、昨夜、何かいやなことがあった？」

「ええと……いきなり雨に降られてひどい目には遭ったけど」

別世界に行きたいと思うほど落ち込んでいたわけでもない。

「でも、ちょっといやな気分のまま寝たのは確かかな」

「それでなんとなく気分がシンクロして入れ替わっちゃったのかな」

向こうの直央は考え込んでいる。

「だとしたら……俺がそっちに戻りたいと思わなければ戻れないのかな……でも、そんな気分にはなれない気がする……」

「ねえ」

直央は鏡に近寄った。

「そっちとこっち、何がどう違うの？　何がそんなにいやだった？」

躊躇いながらそう尋ねると……

「顔！」

向こうの直央は勢い込んで言った。

「朝起きたらまず、部屋に鏡があって、帽子やサングラスがないのにびっくりして、それでもバイトに行かなくちゃと思っておそるおそる素顔のまま外に出たのに、誰も俺に注目しないんでびっくりしたんだ！　つまりこっちでは俺の顔は、たいした顔じゃないんだね！　それでもう、ここは別世界だって気付いたんだ」

「うー、ええと、だったらこっちでは俺の顔はどんななの？」

直央の問いに、向こうの直央は急に暗い顔になった。

「……絶世の美形……」

「は⁉」

「絶世の美形なんだよ、自分でこういうこと言うの本当にいやなんだけど、顔どころか体型とか肌の感じとか、とにかく美形って言われて、目立って、おまけに変なフェロモンも出てるみたいで、しょっちゅう変な男に目をつけられて……ねえ、今日一日無事だった？」

絶世の美形で、変なフェロモンまで出ている……信じられないような言葉にくらくらしつつも、思い当たることは山ほどある。

「無事……じゃなかったと思う」

「え、もしかして誰かに襲われて——まさか、やられちゃったりした⁉」

「や……」

やられちゃったというのはつまり、やられちゃったという意味だ。

直央は絶句し、心配そうな向こうの直央の顔を見て、慌てて首を振った。

「そんな深刻な問題は……ただ、痴漢に遭ったり、部屋に案内したお客に襲われそうになったり……」

「ああ、俺たちどうやら同じ仕事をしているみたいだもんね。でも無事だったならよかった……！　俺もなんとかこれまで、貞操は守り抜いてるから」

痴漢に遭ったり襲われかけたりしたことは、向こうの直央にとっては「無事」の範疇《はんちゅう》らしい。

「でもそんなことばっかりだから、もう俺、鏡で自分の顔を見るのもいやになっちゃってるんだ」

鏡がないのはそういう理由だったのか、と直央は納得する。

「それで」

向こうの直央が尋ねた。

「お客に襲われかけて、どうした？　タマでも蹴飛ばして逃げた？」

「う、ううん、まさか」

直央は首を振った。

「スイートの、高見原さまが様子が変だって気付いてくれて、飯田さんと一緒に駆けつけてくれたんだ」

「ああ、あの人！」

向こうの直央の顔がぱっと明るくなる。

「あの人、すごいよね！　あんな容姿に生まれついて、きっと苦労も多いと思うのに、背筋を伸ばして仕事をしている感じで」

「あんな容姿……？」

直央はまたしても混乱した。

「あの、俺が……俺たちが絶世の美形なら、高見原さまはどういう評価なの……？」

「え……」

向こうの直央は口ごもる。

「だからその……美形の反対……？　こういう言い方したくないけど……あんまり見ないくらいの……不細工……？　仕事でも素顔を出したことがない、覆面カリスマ経営者って有名だし。いつもマスクとかサングラスで顔を隠しているから俺もちゃんと見たことはないけど、スイート担当がちらっと見たら……その……隠す気持ちもわかるって……」

「あの人が？」

直央には信じられない。

「俺のほう……ええと、そっち、だと……あの人は超絶イケメンでスタイルもよくて、カリスマ経営者なのは確かだけど、顔を隠す必要なんてない、まさに完璧な人だよ！」

「ああ、だからか！」

向こうの直央は目を見開いた。

「あの人が、サングラスもなしに堂々と歩いていたからびっくりしたんだ！　他のベルボーイたちも何も言わないし。サングラス禁止の世界なのかと思ったけど、してる人もいるから、意味わからなかったんだ！　そうかあ、あの人は超絶イケメンなのか……！」

直央にも、ようやく飲み込めてきた。

こちらの高見原がサングラスをしたままなのは、自分の容姿に対するコンプレックスからなのだ。

つまり、あっちとこっちは美醜の感覚が全く違う世界。

だからといって、完全に逆転しているわけでもなさそうだ。

何しろ、不細工と言うよりはただただ平凡で存在感のない自分の顔が「美形」というのだから。

そもそもそこが、納得がいかない。

「もうちょっと確認させて」

直央は言った。

「俺の……俺たちの顔って、どういうふうに美形なの？」

「俺にそれを言わせるの？」

向こうの直央は当惑する。

「うん、だって、こんなに特徴のない顔がどうしてって思うよ」

直央が真剣に言うと、向こうの直央はしぶしぶ言葉を探した。

「ええとだから……大きすぎず小さすぎない完璧な目、とか……上がりすぎず下がりすぎない完璧な眉とか……高すぎず低すぎない完璧な鼻とか……大きすぎず小さすぎない、厚すぎず薄すぎない、完璧な唇とか……もう、なんで俺、こんなこと自分で言わなくちゃいけないんだ」

向こうの直央が泣きそうな顔になったので、直央は慌てて言った。

「ごめん、わかった、っていうか、わかった気がする」

たぶん、こういうことだ。

「何もかもが、中間なのがいいってこと？　こっちの……じゃない、そっちの世界では特徴がないと思われる平均値の極みみたいなモブ顔が、ええと……こっちでは理想的な感じ？」

「そう……なるのかな」

向こうの直央は首を傾げた。

「平均値の極み……それってたぶん奇跡的なバランスで、そっちではものすごく目立つんだけど、こっちだと平凡すぎて埋もれるモブ顔ってこと……？」

言いながら、向こうもなんとなく納得したらしい。

二人は無言で、鏡越しの互いの顔を眺めた。

もちろん、直央にとってはうんざりするくらい見慣れた自分の顔だ。

これが、こっちでは奇跡的なバランスの理想的な美形なのか……？

やはりどうにも納得できない。

向こうの直央も、「これが平凡？」と納得できずにいるのがわかる。

だが今日一日のことを考えると、納得する以外なさそうだ。

「わかった、とにかく……こうなっちゃったからにはこうなっちゃったなりに、なんとか頑張らないと。明日の朝起きて戻ってたらそれでいいけど、そうじゃないかもしれないから」

直央が言うと、向こうの直央も頷いた。

平凡と超絶美形という扱いの差はあっても、基本的な性格は同じのようだ。

それから二人は、シャワーブースの中で鏡に向かって座り込み必死に情報のすり合わせをした。

こちらでの直央は、通勤時にはなるべく顔を隠して、身を守ること。

鍵が多いのはもちろん不審者対策だ。

仕事でも、とにかく毅然《きぜん》と、おかしな目を向けてくる客には、やり過ぎくらいにつんとして、ただ言葉遣いはちゃんとして、つけいる隙を与えないようにすること。

そう言われると、今日の自分はどれだけ無防備でぼけっとしていたのだろう、と直央は反省せざるを得ない。

あちらの直央には、存在感がなさすぎて気付いてもらえないことが多いので気をつけるよう説明する。

「それは、俺にとっては本当に助かる」

向こうの直央は嬉しそうだ。

「今日一日、誰も俺に注目しなかった。すごく楽だった。こんなに楽に生きられる世界があるとは思わなかったよ」

しみじみそう言ってから、また申し訳なさそうな顔になる。

「そっちは大変だと思う……本当に、ごめんね」

「ううん」

直央は首を振った。

「わけがわからなくて大変だったけど、でもいいこともあったから」

痴漢だの襲われかけただのは確かにショックだったけれど、なんというか、現実味に欠ける出来事だっただけにトラウマになるほどの実感はない。

それよりも高見原のような、雲の上と思っていた人に助けてもらって、スイート担当に配置換えになったことは、直央にとっては結果的にラッキーだったと思える。

「じゃああとは……明日の夜また、ここで話そう」

夜も遅いし、いつもと違う一日を過ごして、二人とも疲れている……と思い直央がそう言うと、

「明日もこの状態だったらね」

向こうの直央が頷いた。

そう、明日もこの状態だったら。

だが、向こうの直央は戻りたくないと思っているだろう。

そして自分も……すぐにでも戻りたいと思うほど、こちらの世界がいやというわけではなさそうだ。

その理由のひとつが、明日からスイート担当で、毎日高見原と接することができるからだというのは、薄々直央にもわかっていた。


目を覚ますと、まず枕元に鏡があるかどうか確認する。

ない。

つまりまだここは、自分が超絶美形の世界だ。

こういう表現も何かの冗談のようにしか思えない。

ロフトから降りると、直央はシャワーブースに入り、鏡でつくづくと自分の顔を眺めた。

「この顔が……美形、ねえ……」

まだよくわからない。

確かに不細工とは言われたことがない……が、不細工と認定されるほどの特徴すらない、というくらいに何もかもが平凡で印象が薄い顔。

そして高見原のような完璧に整った顔が不細工だと聞いても、まだ直央には基準がわからない。

まあだが、生活していればおいおいわかるだろう。

向こうの（こちらの？）直央の忠告では、帽子とサングラスとマスクから二点――全部だと今度は却ってアヤシイ――を選べということだったので、つばの深いキャップと色の濃いサングラスを選ぶ。

この組み合わせで顔の下半分を出す場合は、唇は常にぎゅっと結んでいろ、というのが追加の忠告だ。

そうやって電車に乗ると、確かに昨日のような視線は感じなかった。

サングラスに隠れて他の人を観察してみると、他にもサングラスやマスクの人はいるが、それが直央のように美形過ぎて（と、自分で思うのも気恥ずかしいのだが）それを隠すためなのか、高見原のようにコンプレックスからなのか、それとも単に目が光に弱いとか、風邪や花粉症だからなのか、まるで見当がつかない。

乗り換えて、目的の駅に着いて、ホテルの通用口に入る前にサングラスを取る。

「おはようございます」

「おはよう」

直央の挨拶に昨日とは違う守衛が愛想よく答え、「ええと……」などと名前を思い出すようなこともなく、直央の入館証を渡してくれる。

今日からスイート担当だ。

制服は基本的に同じもので、ただベルボーイハットだけが、なくなる。

飯田から配置換えに関する引き継ぎ事項や注意事項を聞いてから、直央はまず、高見原の部屋に朝食を届けた。

長期滞在客は現在、高見原ともう一人、日本画家の老人だけで、他に連泊の客が二組。

部屋での朝食を希望しているのは連泊のうちの一組だが、そちらはすでに夜間シフトの担当が届けている。

高見原は、毎日寸分違わぬタイムスケジュールで動いているようで、朝食は朝一仕事終えてからの遅めの時間を指定している。

ノックの後、返事を待たずに開けていい、というのは高見原に関して基本事項らしい。

「おはようございます」

ワゴンを押して直央が入っていくと、高見原はすでにサングラスをかけていた。

もったいない、と直央は思う。

高見原の素顔ならすでに知っているし、それは直央にとっては超絶イケメンの顔だ。

だがこっちの世界の高見原が顔にコンプレックスを持っていて、彼にとってサングラスが必要なら、仕方のないことだ。

「おはよう」

そう返してくれる声は、低く胸のあたりに響いて、やはり直央にとっては本当に好みの美声だ。

「昨日はありがとうございました。本日よりお部屋の担当をさせていただきます、改めまして、友部と申します」

直央が挨拶をすると、高見原は頷いた。

「朝食はこっちのテーブル、この席に用意してくれ。今日は掃除はいい。バスルームのタオルだけ替えてくれ」

朝食時に、そういう確認を高見原のほうからてきぱきとしてくれる、ということは飯田から聞いている。

何しろ、「デキる男」という感じだ。

服装も、すでに朝一でリモート会議でも済ませたのかきちんと三つ揃いのスーツを着ているが、上着だけを脱いでソファの背に置き、直央が食事を並べたダイニングテーブルの椅子に座る。

ベスト姿が決まっているのは、胸板と肩幅のバランスがいいからだ。

そして腕の長さが際立つ。

だがそういう、男らしく格好のいい体型も、こちらの世界では褒める対象ではないのだろうか、とちょっと複雑だ。

直央の部屋で鏡がなかったのは厄介の種である顔を見たくもないからだろうが、高見原の部屋は、逆に自分の「醜い」顔を見たくないからすべて撤去されているということなのだろうか。

いや、こんなことを考えている場合ではない、仕事だ仕事。

「失礼いたします」

直央は、ソファの背に投げかけられた上着を手に取って、ハンガーに掛けて軽くかたちを整えた。

生地は上質、仕立てもいい、とスーツにはあまり縁のない直央にもわかる。

ブランドものではないオーダースーツだ。

「……昨夜は眠れたか？」

高見原が尋ねた。

声にわずかに躊躇いを含んでいるように思えるのは、昨日のあれこれを直央が思い出したくもないかもしれない、と気遣ってくれているからだろうか。

鏡の向こうの自分と話し込んでしまって睡眠時間は短かったが、いい眠りは取れた。

「はい、おかげさまでちゃんと眠れました」

直央が笑顔で答えると、高見原は少し慌てたように視線を朝食の皿に向ける。

「それならよかった」

その顔を真横から見ると、サングラスのフレームが少し邪魔だが、正面から見るよりは素顔がわかる。

少し切れ長の、シャープな印象の目がとてもいいと直央は思うのに、常に隠しているのは本当にもったいない。

と、高見原が直央のほうにまた顔を向けた。

「……何か？」

「あ、いえ、あの」

直央は慌てた。

横顔をじっと見つめていることに気付かれてしまったのだろう。

「サングラス……おかけになったままだとご不自由では……私のことならお気になさ……」

いや、これは正しい言い方なのだろうか、と直央は言葉を飲み込んだ。

直央はどうしてもこの人を「美形」だと思ってしまうが、本人が他人に見られたくないほど「醜い」ことを気に病んでいるのなら、気にするな、と言うのも違う気がする。

と、高見原がわずかに口元に苦笑を浮かべた。

「気遣いありがとう。きみほど顔立ちが整っていると、他人の顔などどんな顔でも気にならないということなのかな」

どう答えていいかわからない。

直央の返事を待つまでもなく、高見原は続けた。

「私自身が、このほうが気楽なんだ。さすがに一人のときにはかけていないから気にしないでくれ」

「……はい」

直央は申し訳ない気持ちになって頷いた。

「それでは、バスルームを確認させていただきますので」

そう言って、昨日と同じように半開きになっている扉から寝室へ向かう。

この高見原という人は、客室をきちんと使う人だ、と直央は感じた。

金を払っているのだから何をしてもいい、客室係に最大限の手間をかけさせなければ損だ、とでも思っているかのような散らかし具合の客もいるものだが、高見原は違う。

私物の寝間着らしいものは軽く畳んでベッドの上に置いてあるし、枕を床に放り出したりもしていないし、飲みかけのグラスをベッドサイドのテーブルに放置してあったりもしない。

きっと自宅でもこんな感じなのだろう。

そういえば、家族はいるのだろうか。

年の大半、ホテル暮らしをしているということは、家族がいて落ち着けないということもあるのかもしれないが……少なくとも指輪はしていない。

そんなことを考えながらバスルームに入り、使用済みのタオルやバスマットを回収してリビングに戻ると、高見原は朝食を続けている。

その脇を通り抜けようとし——突然直央は何かに躓《つまず》いた。

「え？　あ？」

つま先が何かに引っかかり、身体だけが前に出て、つんのめり——

タオルを手から放すべき？

タオルごと倒れるべき？

片手だけつくべき？

どうしていいかわからないまま、身体が前に倒れ込む。

と——

自分の胴体が、何か力強いものに支えられたのがわかった。

しかし次の瞬間、そのままその支えごと床に倒れる。

「う、わ」

「……くっ」

自分の声に、もうひとつの声が重なり、直央はぎょっとした。

高見原。

直央は、高見原を下敷きにして、床に倒れていたのだ。

「申し訳ありません！」

直央はさすがにタオルを手から放し、慌てて膝を突いて上体を起こした。

座っていた高見原が、直央の身体を支えるように腕を伸ばし、不安定な体勢から、一緒に倒れ込んだのだ。

「いや」

高見原もそう尋ねながら上体を起こし——

倒れたはずみにサングラスが飛んだのか、直接、高見原の目が見える。

目が、合った。

——不思議な色。

直央は思わず息を呑《の》んで、高見原の目を見つめた。

少し色素の薄い、グレーと茶色をミックスしたような、不思議な目の色。

色素は薄めなのに視線には深みがあり、その視線の持ち主の、意志の強さとかすかな哀《かな》しみのようなものが感じ取れる。

なんてきれいなんだろう。

まるで、複雑で美しい色合いの湖のようで、見つめていると吸い込まれそうだ。

高見原のほうも、どこか呆然《ほうぜん》としたように直央の目を見つめている。

これは——なんだろう。

周囲の色も音も消えて、高見原の視線だけが鮮やかに存在しているこの瞬間は。

たが——先にはっと我に返ったのは高見原だった。

「すまない、サングラスが……ああ、ここだ」

慌てたように、傍《そば》に放り出されていたサングラスに手を伸ばしたのを見て、

「隠さないでください」

直央は反射的に言ってしまっていた。

「え？」

高見原はサングラスを手に持ったまま、驚いたように直央を見る。

「不快、ではないのか」

高見原の訝しげな言葉に、直央はおかしなことを口走ってしまっただろうか、と慌てた。

ええと、こんなにきれいで美しい目だけれど、色合いが特徴的ということは、こっちの世界では……つまり美しくはないというか、きっとかなり醜い？　それも嫌悪感を持たれる系というか、納得いかないけどそういうもので……

だが直央にとっては。

「きれい……なのに。すごく」

そう言わずにはいられない。

この人のこの目を見て不快になるかもしれないなんて、この世界の人のほうがどうかしているとしか思えない。

高見原は絶句して直央を見つめていたが、直央の言葉が皮肉でもお愛想でもないとわかってくれたのか、かすかに苦笑した。

「きみは、変わっているな」

それはきっと、美的感覚がおかしいとかそういう意味なのかもしれないが、直央にとってきれいなものはきれいなのだからどうしようもない。

「そう言ってくれるなら」

高見原はサングラスを傍らのローテーブルに置いた。

「きみの前では、無理にかけないことにしよう」

やはり少し「無理」をしていたのだ、と直央は思った。

室内で色の濃いサングラスなんて、いくら瞳の色素が少し薄めとはいえ、目を隠すことだけが目的なんだったら不便に違いない。

直央は無意識に少し嬉しそうな顔をしたのだろう、
高見原の瞳に、わずかに照れくさそうな、困ったような気配が浮かぶ。

「……それで、いつまでこうしていればいいかな」

「え？　あ！」

直央は、尻餅をついて上体だけ起こした高見原の脚の上に、自分が座り込んでいるような格好になっていることにようやく気付いた。

お客さまに助けてもらったあげく、こんな姿勢で相手の目に見蕩《みと》れていたなんて。

急に恥ずかしくなって、直央は真っ赤になった。

「す、すみま……申し訳、ありませ……っ」

慌てて、高見原に重みをかけないよう気をつけつつ、立ち上がる。

「お怪我は」

最初に言うべきだった言葉をやっと思いついて、直央は高見原に手を差し出そうとしたが、その前に高見原は自分で軽々と起き上がった。

「大丈夫だ。きみは？」

「はい、なんとも、おかげさまで」

「これに躓いたんだな」

高見原は足元を見た。

このスイートのリビングは、カーペット敷きではなくフローリングで、部分的にラグを敷いてある。

まだこの部屋に慣れていない直央はタオル類を抱えていて足元に注意が足りず、ローテーブルの下に敷かれていたラグの、ほんのわずかな段差に躓いたらしい。

「こんなものに……恥ずかしいです」

直央は、自分の顔がさらに赤くなるのを感じた。

「もともと、道を歩いていても時々何もないところで躓いたり……運動神経、鈍くて」

言わずもがなの言い訳を口走ると、高見原の瞳にかすかな動揺が浮かんだように見えた。

「……きみは……なんというか……」

なんだろう、よほど変な言動をしているのだろうか……と、直央がきょとんとして高見原を見上げると、高見原はそのまま視線を逸らし、再びソファに座る。

そこで直央はようやく、テーブルに置かれている朝食にほとんど手がつけられていないことに気付いた。

「あ、お食事の邪魔をしてしまって……申し訳ありません！」

慌てて床に散らばったタオルを集めて抱え直すと、

「後ほど食器をお下げしに参ります！」

そう言ってぺこりと頭を下げ、急いで部屋を出た。

頬《ほお》が熱い。

あの人の前でいろいろ醜態をさらしてしまった気がする。

きっとずいぶん呆れたことだろう。

だが……高見原の反応は終始紳士的で、高飛車なところはひとつもなく、穏やかで優しい人だという気がする。

カリスマ経営者といっても、人を上から押さえつけるタイプではないのだ。

そして、あの人の瞳。

あんなに印象的できれいな瞳なのに、この世界ではたぶん「印象的」であることがマイナスなのだろう。

あの瞳を隠すなんてもったいないと思うが、自分だけがあの瞳を間近で見られたことがなんだか嬉しくもある。

この世界……意外と悪くないかも。

そんなことを思いながら、直央は業務用のエレベーターへと向かった。


その日の午後、高見原からコーヒーを二人分という注文が入った。

誰か来客と、部屋で会うことになったのだろうか。

直央はいつものようにワゴンを押して上階に上がり、扉をノックした。

一呼吸置いてから、返事を待たずにキーを使って扉を開ける……というのが高見原の部屋に入る手順なのだが、今回は直央が開ける前に、中から扉が開いた。

高見原ではない。

銀縁の眼鏡をかけ、グレーのスーツを着た、高見原と同じ年格好の男。

そして高見原ほどではないが、なかなかのイケメン。

ということは、ええと、こちらの世界ではあまりイケメンではない。

頭の中でいちいち考えを百八十度ひっくり返しているのも面倒で、もう相手の顔のことなど考えるのはやめたい……と思っていると。

眼鏡の男が直央の顔を見て眉を寄せたので、直央は慌てて言った。

「コーヒーをお持ちいたしました」

「社長……そのままで？」

眼鏡の男が部屋の中を振り向いて怪訝そうに言うと、

「ああ、彼はいいんだ、そのまま入れてくれ」

高見原の声が聞こえ、眼鏡の男がすっと脇に寄る。

「失礼いたします」

直央がワゴンを押して部屋に入ると、高見原はスーツの上着を脱いだベスト姿で、ワイシャツの腕を軽く捲った、寛いだ姿だった。

そして……サングラスをしていない。

直央はちょっと驚いた。

ということは……この眼鏡の男の前では高見原は素顔を見せる。

よほど気の置けない、もしくは信頼している人なのだろうか。

「友部くん、秘書の星《ほし》だ。これからよく顔を見ると思うから覚えておいてくれ」

高見原が穏やかに紹介した。

「星、今度部屋の担当になった友部くんだ」

「友部と申します、よろしくお願いいたします」

直央は「秘書の星さん」と脳内にメモしながら頭を下げた。

つまりこの人は、仕事の話で頻繁に出入りする、ということなのだろう。

その星は、まだ怪訝そうに眉を寄せて直央を見ている。

「これは……ずいぶんと親しくなられたようですね、お珍しい」

高見原はちょっと照れくさそうに、片頬に笑みを浮かべた。

「非常に感じがいい子なのでね」

珍しい、という言葉は、前任の牧原に対しては、直央に対するほど親しみのある雰囲気ではなかった……ということだろうか。

部屋に入るときの、星の「そのままで？」というのは、サングラスのことだろう。

秘書というのは、そういうところにまで気を配る仕事なのだ。

ホテルマンと共通点があるかもしれない、と思いながら直央は尋ねた。

「コーヒーはどちらに？」

高見原が一人のときは、コーヒーはパソコンを広げているリビングのテーブルではなく、ソファの前のローテーブルに置くのだと思うが、ソファは二人がけのものがひとつあるだけだから、そこに高見原と星が並んで座るのも違う気がする。

「こっちに」

直央が思った通り高見原がリビングのテーブルを手で示し、星がささっと広げていた書類などを脇に寄せたので、直央はそこに二人分のコーヒーを並べ、そして高見原に尋ねた。

「よろしければローテーブルのほうに、もう一つソファをお運びしましょうか」

スイートの客に関しては、そういうインテリア変更の注文も可能だ。

そうすれば、書類などはそのままにソファでコーヒーを飲める。

「ほら、こういうところだ」

高見原は星に向かって、どこか得意そうに笑った。

「よく気がつくので、助かる」

いえいえいえそんな、と首をぶんぶん振りたいところだが、それではあまりにも馴《な》れ馴れしすぎると思い、直央はなんとか堪《こら》えた。

「……なるほど」

星は首をわずかに傾《かし》げ、直央を見る。

その視線は、なんとなく直央のことを「信用できない」「うさんくさい」と思っているのがわかる。

まあ……おそらくあまり他人に容易に心を許さないのかもしれない高見原が、担当が変わって間もない客室係を気に入り、素顔まで見せていることが、星にはよほど意外なのだ。

直央だって、この短時間に高見原が自分のどこを気に入ってくれたのかよくわからない。

朝イチで躓いて転び、高見原に受け止められてしまったくらいなのに。

だが仕事ぶりを気に入ってもらえたのなら、星もそのうちそれをわかってくれるだろう。

だとしたら仕事に徹するまでだ。

「星さま、コーヒーのお好みを伺っておいてもよろしいでしょうか」

直央がそう言うと、星はちょっと驚いたように眉を上げ、「砂糖あり、ミルクなし」と短く答え……それを高見原が、なんとなく楽しそうに見ているのを感じて、直央は嬉しさと気恥ずかしさで、ちょっと耳が熱くなるのを感じ、慌てた。

星がいるということは、仕事の話をしているのだろうからアメニティの確認などはあとにしたほうがいいだろう。

「失礼いたします」

頭を下げて、部屋を出る。

宿泊部にソファの追加を連絡し、それから他の部屋の用事などを済ませつつ、空き時間に夜間の担当者への引き継ぎ事項をメモしていると、

「友部」

宿泊主任の飯田が直央に声をかけてきた。

「はい」

何か普通に仕事の話だと思い、直央が飯田を見ると、飯田は思いがけないことを言った。

「高見原さまが、お前さんをずいぶん褒めてくださったので伝えておくよ」

「え……あ、はい？」

思わず、声がひっくり返ると、飯田が笑みを浮かべて頷く。

「よく気がついてくれる、と。他のスイートのお客さまからも、控え目なのが感じがいい……と。いい配置換えだったと思っているよ」

「ありがとうございます！」

直央は頭を下げた。

嬉しい。

仕事をこんなふうに認めてもらえるのは嬉しい。

もともと直央がスイート担当になったのは、客に襲われかけて高見原が「配置が悪い」と苦情を言ってくれたからだが、それが結果的によかったと上司が思ってくれたのなら、本当に嬉しい。

特に飯田は、理想的なホテルマンを体現しているだけに物腰は穏やかだが、仕事に対する評価は厳しい。その飯田に褒めてもらえるというのは珍しいことだ。

直央の仕事に対する姿勢はこれまでと変わっていないつもりなのに、「あの容姿なのに鼻にかけない」という意味合いが加わったせいで余計褒められるのかもしれない、という気もするが……悪口ではないのだから気にしないことだ。


翌日から、直央の仕事はかなり忙しくなった。

その多忙の原因は、高見原だ。

まず、ルームサービスの回数が多い……というか、急に増えたらしい。

これまでは、外出時には外で食事を済ませることも多かったようなのに、食事を部屋で摂《と》るようになり、そしてお茶の回数も多い。

星が来ているときにも、休憩で必ずコーヒーを頼む。

以前はこれほどルームサービスが頻繁ではなかったようだが、外出そのものも減っているようだし、リモートを増やしたのだろうか、という気がする。

そしてそういう用事があって内線をかけてくるときには、必ず「もし友部くんの手が空いていれば」という枕詞《まくらことば》がつく。

直央はもちろん、いそいそと上階に向かう。

仕事だから当然だが……それ以上に、高見原のための仕事であることが嬉しい。

部屋に行ったからといって、特に個人的な会話を交わすわけでもないし、用事が済めばさっさと部屋を出るのだが、それだけでも嬉しい。

そして何より、高見原が室内でサングラスをしないようになったことが、嬉しい。

高見原のための用事が楽しいと、他のスイートの客のためにも心を込めて仕事をしなくては、と気合いも入るというものだ。

「なーんかね」

そんな様子を見ていた、直央の前のスイート担当である牧原が、数日後ロッカールームで一緒になったとき、嫌みな口調で言った。

直央に対して直接、ではなく……仲のいい同僚に向かってだ。

「結局世の中、顔かあって思っちゃうよね」

もちろん、自分のことをいっているのだと、直央にはわかる。

牧原は、直央がいたもとの世界では、かなりの美形だった。

ぱっちりとした目と優雅な曲線を描いた眉が特徴的で……それはつまりこっちの世界では、目立つ特徴があるから不細工、ということになるのだろう。

直央の感覚だとやはりそれは納得がいかず、その牧原に顔のことをあてこすられると、嫌みにしか聞こえない。

「でもさ」

話しかけられた同僚が小声で言った。

「気に入られるって言ったたって、相手はあれだよ」

「ふふ」

牧原は笑った。

「あんな不細工に気に入られて、ご愁傷さまってとこだよね」

高見原のことをそんなふうに言われて、直央はかっとなった。

「それって」

自分でも驚くほど強い口調で、言葉が勝手に飛び出す。

「高見原さまのことだよね？　ひどいことを言わないでほしい」

「おっと」

牧原が大げさに驚いてみせた。

「俺、名前出したっけ？　友部の知らない人の話かもしれないのにあの人の名前を出すってことは、友部もあの人を不細工だと思ってるってことだよね」

直央はぐっと言葉に詰まった。

ここで、高見原は超イケメンだと思っているなどと言ったらそれこそなんの嫌みか皮肉かと取られるだけだろう。

むしろ直央の中では、元の世界の牧原は顔立ちがいいのを少々鼻にかけていた記憶があるので、どの口が言うか、と怒りも湧くが、あの牧原とこの牧原は別人なわけで、その怒りは理不尽だ、と頭の中で慌てて引っ込める。

あああ、ややこしい。

「ほら見ろ、否定はできないよね」

牧原の言葉に、あれこれ考えて反論できなかったことで「高見原を不細工だと思っている」ことを肯定してしまったことになると直央は気付いた。

反論する言葉を探していると……

「生まれついての美形で、性格もいいんですってアピールしたがってるのって、ほんと嫌みでしかないよなあ」

牧原は聞こえよがしにそう言いいながら、同僚と一緒にさっさとロッカールームを出て行ってしまった。

「……ううう」

一人になって、直央は思わず唸《うな》った。

「わけわかんない……なんなんだよ、もうっ」

牧原の性格があまりよくないのは元の世界でも同じだが、こっちの牧原は容姿を鼻にかけるのではなくコンプレックスを持っていて、直央に絡んできているように思える。

だが、直央が直央の顔に生まれついたのは直央のせいじゃない。

「人間、顔じゃなくて中身だろうっ！　ちゃんと中身で人間を判断しろよっ！」

どん、と拳でロッカーの扉を叩いてから、直央ははっとした。

今の思考は、「美形の顔だけで判断されて中身を見てもらえない」という、生まれついての美形である人間の考え方じゃないのか。

「うわあああ」

直央はのたうち回りたくなった。

恥ずかしい。

自分の顔は平凡の極みだというのに、何日か美形扱いされてしまっただけで、考え方まで変わってくるものなのか。

……いや、これはこっちの世界の直央が感じ続けてきたことなのかもしれない。

だとしても、自分がそんな考えに慣れちゃダメだ……！

いつ元の世界に戻っても大丈夫なように、自分の顔が平凡であるということは忘れないようにしないと……と思いながら、直央はふと壁に掛かっている時計を見て、慌ててロッカールームを飛び出した。


夜になるとシャワーブースで鏡を覗き込む。

バイトのシフトの関係などで、毎日必ず「会える」わけではないので、基本的な情報交換が終わったあとは無理のない範囲で時間を合わせる、という感じだ。

その夜、鏡の向こうの直央と話をすると、こちらの世界から少し遅れて彼もまたスイート担当に変わったようだった。

ただし理由は、向こうの牧原がフロントの研修を打診されて喜んで受け、直央なら客室の経験もあるから……ということで飯田が抜擢《ばってき》してくれたらしい。

「不特定多数のお客相手じゃないから、いろいろ気楽」

向こうの直央も嬉しそうだ。

こうやって、どうやらあちらとこちらはなんとなくつじつまが合っていくらしい。

「ねえ、何か困ってることない？　こっちの牧原が、俺なんかに後任が務まるのかとか嫌み言ってきたけど、そっちはどう？」

向こうの直央が尋ね、直央はロッカールームでのことをさらりと話した。

「顔で取り入ったとか嫌み言われたけど……」

「ううう……ごめん、ほんと、牧原ってどっちも性格悪い……ほんと、ごめん」

向こうの直央は申し訳なさそうに言う。

そもそもこの入れ替わりは自分のほうに責任があるように感じているからだろうが、だからといってどうしようもないのだから、あまり悩ませたくない。

何しろ相手は「自分」だ。

「考え方が正反対だから頭の中でいちいち修正してるけど、俺に向かってそういう言葉を言われるのって現実感がなくて、一周回って面白いよ」

直央が明るくそう言うと、向こうの直央は少しほっとした顔になった。

「そう言ってくれると、俺もちょっと安心する……なんていうか俺たち、こんなに周りからの扱われ方が反対なのに、考え方とか性格は基本的に似てるみたいだよね」

その言葉に直央は頷く。

「うん、たぶん……意外と楽天的っていうか、しょうがないことはしょうがないって割り切れる感じじゃない？」

「ほんと、そう」

二人は顔を見合わせて笑った。

「あと、そっちは何か、困ったこととか尋きたいこととか、ある？」

向こうの直央が尋ね、直央はちょっと躊躇った。

スイート担当になった向こうの直央も……向こうの高見原と、何か会話があったりしたのだろうか。

向こうの直央は、向こうの高見原をどう感じているのだろう。

だが、あの人をどう思う？　と尋ねると……こちらの気持ちも説明しなくてはいけなくなるような気がする。

そもそも自分が、こちらの高見原を「どう」思っているのかも、言葉にしにくいのだ。

まあいい、困りごとではないのだから。

「特にないよ」

直央はそう答え、その夜はそれで互いに「お休み」を言い合って会話は終わった。


だが翌日から、直央に対する嫌がらせのようなことが発生し始めた。

ささいなことではある。

飯田主任が呼んでいると言われ、急いで事務所に行ってみたら飯田はいなくて、行き違ったのだろうかと探し当ててみたら「呼んでいない」と言われたり。

裏動線の一部がメンテナンスで通れなくなっていることを直央だけ知らなかったり。

まかないの昼食を、その日は直央が希望していないと勝手に厨房に伝えられ、直央のぶんだけなかったり。

さすがにお客を怒らせるような嫌がらせは入っていないが、それでもこんなことが続くと不愉快だし気が滅入《めい》る。

そしてある日、ロッカーが開いていて制服の上着にケチャップのようなしみがついていたときには、さすがに直央は怒った。

腰のあたりの目立たないところについていて、表に出る前に服装をチェックする鏡の前でも見逃してしまいそうだが、背後からははっきりと見える位置だ。

こんなものを着てお客の前に出たら、ホテルの恥になる。

だが、その怒りをどこにぶつければいいのか。

いやがらせの相手は、おそらく牧原の周辺だろう、という気はする。

だが証拠はない。

嘘《うそ》の伝言なども、間に誰かを挟んで伝言の伝言の伝言というかたちだったりするので、直央に直接伝えた相手は悪意がないように見えるから厄介だ。

「……はったつ……っ」

拳を握りしめて独り言として呟くくらいしかできない。

それでも、鏡の向こうの直央にさりげなく「なんかちょっと、やなことされてさあ」と愚痴を言うと、向こうの直央は申し訳なさそうな顔になった。

「そういうの……多いんだ、ほんと。中学とか高校とかでもよくあった……ごめん」

入れ替わりの責任を感じている向こうの直央がそう謝るが、直央としては彼を責めるつもりはまるでない。

それよりも、こっちの世界で「超絶美形」である直央は、そのせいでずいぶんといやな目に遭ったのだろう、鏡を見たくないのもわかる、という気がする。

直央は直央で、ただただ存在感がなくて印象が薄いために、伝言を忘れられたりという、結果的に「無視される」ことが多かった。

されていることは似ているが、こっちでは相手の「悪意」が感じ取れるだけ、こっちの直央はしんどい思いをしたのだろう、という気がする。

「できることなら、こっちの牧原をやっつけてやりたいくらいだよっ」

向こうの直央の言葉に、

「それはさすがに八つ当たり、そっちの牧原が気の毒」

と直央は笑ってしまい、それで少し気が楽になった。

仕方ない、お客に迷惑をかけるようなことにならない限り、大事にもできないし。

そう思いながら、ささいな不愉快をやり過ごしていたのだが……

「どうした、何か悩みでもあるのか」

直央の様子に気付いてくれたのは、高見原だった。

「え……は」

夕食をテーブルにセットしていた直央は、高見原の言葉にはっとして顔を上げた。

高見原は、新しく入れられた一人がけのソファに座り、直央を見ている。

どこか気遣わしげな瞳。

高見原の、グレーと茶色をミックスしたような不思議な目の色は、二メートルも離れてしまうと「少し色が薄い」という程度の印象になる。

間近で見たのは転びかけたのを助けてもらったあのときだけだし、あれ以来、個人的な会話などもほとんどしていない。

それは高見原のほうがきちんと保っている距離感のようにも思えていたのだが、彼は今、あえてそこから一歩踏み出して自分のことを心配してくれている、と感じる。

それはつまり、直央の顔に何かが出てしまっていた、ということだ。

仕事中なのに、お客に心配させてしまうなんて。

「申し訳ありません……変な……顔を、していましたか……?」

直央が口ごもりながら尋ねると、

「謝ることじゃない」

高見原は真面目な顔で首を横に振った。

「何か困りごとがあるのなら……力になれることがあればと、思うんだが」

高見原はそう言って、軽く咳払いした。

「その、私もそれなりに、力とか伝手のようなものはあるつもりだから」

それは何か……ホテルの上層部と繋《つな》がりがあるとか、弁護士とかそういう人脈がある、ということだろうか。

仕事の同僚による軽い嫌がらせなんてそこまでの問題じゃない、と思う。

ひどいいじめで仕事に来るのが辛いほどではない。

だが、高見原の気持ちは嬉しい。

「ありがとうございます」

直央は思わず笑顔になった。

「実のところ、ちょっとした悩みはあるんですけど、仕事をしていれば、誰にでもある程度のことですから」

高見原は、直央の言葉が本音かどうか見極めるように一瞬直央の目をじっと見つめた。

視線が直接絡む。

この距離では色合いがわかるほどではないけれど、この人の目は本当にきれいだ。

高見原は瞬きをし、そして少し躊躇いながら視線をわずかに逸らした。

「……そうか、それならいいんだが」

食事のセットは終わったが、高見原は立ち上がってテーブルに向かう気配はなく、なんとなくもう少し、会話を続けてもいいのだろうか、という気がする。

そして直央も、言葉にしたいことがある。

「高見原さまは……きっと部下の方たちから信頼される社長さんなんですね」

「え？」

高見原は驚いたように眉を上げた。

「どうしてそう思う？」

馴れ馴れしすぎる言葉だっただろうか、と直央は焦ったが、それでも言いかけてしまったことは言いたい。

「あの、だって……ちょっとした顔色から、悩み事があるんじゃないかって見抜いてくれるなんて、すごいことだと思います。上司としても、社員の方をそういうふうに見ていらっしゃるのかなって」

高見原の頬が、わずか……ほんのわずか、上気したように見えた。

「それは……それは、私にとって、嬉しい褒め言葉だな」

少し戸惑いながらも、高見原は言った。

よかった、気を悪くはしなかった……そして、嬉しいと言ってくれた。

直央も嬉しくなる。

そして、いくらなんでも切り上げ時だ。

食事が冷めてしまう。

「それでは……これで失礼いたします」

「……うん」

うんの前の、一瞬の間はなんだろう、と思いながらも直央は頭を下げ、空になったワゴンを押して、部屋を出る。

なんだか心が弾んでいる。

ささいな嫌がらせによる憂鬱など吹き飛んでしまっている。

高見原と仕事意外の会話ができて、高見原が自分を気遣ってくれたことがこんなに嬉しいというのは、なんなんだろう。

自分でもよくわからないが、自分にとって高見原は本当に「特別なお客さま」というか、「特別な人」という気がする。

もちろん、客に襲われかけたときに助けてくれた人、という特別さはあるが、それだけでなく……もとの世界では、全く別世界にいる完璧な人間で、漠然と「いいなあ」という憧れの対象だったのが、こちらの高見原はもっと身近な特別感というか。

憧れの芸能人と思いがけず個人的な接点ができたという感じだろうか。

とはいえ、それがあっちとこっちの高見原が「容姿にコンプレックスがある」という一点で違っているせいだと思うと、なんだか複雑な気持ちでもある。

(あんなに素敵なのになあ……)

心の中でそう呟きながら、廊下の突き当たりにある、裏動線に入る扉に近付いていくと
……

「……友部だろ?」

「そう。ほんとだよ」

自分の名前が聞こえて、直央ははっとして足を止めた。

裏動線に入る鉄扉が、わずかに開いている。

そしてその中から声が聞こえる。

「あの、いかにも自分が美形だってことを鼻にかけてないって態度が、却ってこっちの鼻につくんだよな」

「前からそうだったけど、最近特に、だよな」

陰口。

一人は牧原、そしてもう一人は客室フロアの清掃担当のアルバイト、確か……吉田《よしだ》と言っただろうか。

二人とも、扉がわずかに開いていることに気付いていなくて、廊下に敷かれた足音を消す絨毯のせいで、直央が外にいることにも気付いていない。

人気のないこんなところでさぼっている、ということだろうか。

「だいたい、あの面で、なんでホテルなんかでバイトしてるんだろ、イラつく」

「ほんとだよ、芸能界でもなんでも行きゃいいじゃん。浮わついた仕事には興味ないって言いたいのかな」

悪意と妬み丸出しの言葉に、さすがにじわじわと怒りが湧いてくる。

浮ついた仕事には興味がないと「言いたい」んじゃなくて、本当にそう思ってるんだよ、「こっちの」直央は。

自分と同じ性格なのに、美形扱いされるばっかりにずいぶん悩んだんだ。

別の世界に行きたい、と強く願ってしまうほどに。

こういう連中の陰口だってしょっちゅう聞いて、相当いやな思いをしたはずだ。

唇を噛《か》みつつ、どうしよう、と直央は思った。

いつまでも扉の外に突っ立っているわけにはいかない。

とっとと踏み込むべきだろう。

だが、聞こえたぞ、という顔で？　それとも何も聞いていない、という顔で？

と……

「それにしてもさ、高見原さまだって、結局あの顔にやられたのかなって思うよ」

牧原の口から高見原の名前が出て、直央は踏み出しかけた足を止めた。

「友部も何が目的で取り入ったんだか」

「そりゃね、あれだけのセレブだからね、相当な資産家だろうし」

「それにしたって……あの顔だぜえ」

二人が同時にぷっと吹き出したのがわかって、直央はかっとなった。

「お前らさあ！」

考えるより先に、直央の手が扉を開き、そして口から言葉が出ていた。

「そんなふうに、一日中他人の顔のことばっかり考えてて楽しい⁉」

そう、顔のことばっかりだ。

このホテルの従業員がたまたまそうなのか、それともこっちの世界全体がそうなのか。

だがとにかく目の前にいるのは、直央が美形だの、高見原がそうでないだの、他人の価値を「顔」でしかはかれない、そんな連中だ。

「人間の魅力なんて、顔じゃなくて中身だよ！　お前たちがこんなところで陰口を言ってる相手の高見原さまが、どんなに素晴らしい人か、お前たちにはわからないよ！」

牧原と吉田は呆然と直央を見ていたが、牧原が先に立ち直った。

「盗み聞きかよ！」

「仕事中だよ！　こんなところで陰口たたいてるお前たちが悪いんだよ！」

直央の怒りはさらに募ってくる。

「牧原なんてついこないだまでスイート担当だったくせに、高見原さまがどんなに優しくて気遣いのある人なのかとか、全然気がついてなかったってこと？　そんなのホテルマン失格だよ！　そもそも人間、顔についてる部品はみんな同じじゃないか。顔の造作よりも、中身がどんな人かのほうが百万倍大事だ！」

言いながら直央は、これはこの世界で「超絶美形」とされている自分が言うべき言葉ではないのでは、と気付いたがもう遅い。

と……

「う、うしろ……っ」

吉田が目を剝《む》いて直央の背後を見つめながら言った。

直央はぎょっとして振り返った。

そこには、高見原がいた。

サングラスなしで。

「え、うわ」

直央は真っ赤になり、次に真っ青になった。

頭に血が上って、まだ裏動線に入りもしないで、廊下じゅうに響き渡るような声でまくしたててしまっていたのだ。

どこから聞かれていたのだろう。

アルバイトとはいえ、ホテルマン失格は自分のほうだ。

「す、すみませ……」

謝ろうとする直央の前に、高見原がずい、と一歩踏み出した。

牧原と吉田から、直央を守るかのように。

高見原の広い背中が直央の視界をいっぱいに塞ぐ。

「話は聞かなかったことにする」

高見原の口から出たのは、意外にも穏やかな声だった。

「幸い、このフロアには今、私以外の客はいなさそうだから」

確かに、スイートが四室入るこのフロアだが、長期滞在の画家は外出中、それ以外の一室は空きで、もう一室もチェックインが遅くなるということでまだ空いている。

「これを持って、仕事に戻りたまえ」

高見原はそう言って、直央が押していたワゴンを扉の中に押し込んだ。

「あ、あの……あの、申し訳……このことは……上には」

おどおどしながら牧原が言いかけるのを、高見原は掌を突き出して止める。

「きみも、よくやってくれていると思っていたのだが残念だ。だが言ったとおり、聞かなかったことにする。別に上に報告したりはしない」

「あ……ありがとうございます……すみませんでした……」

牧原と吉田は頭を下げ、ワゴンを引っ張り裏動線のエレベーターにそそくさと向かう。

「あ、俺……私、も」

直央も慌てて扉の向こうに行こうとすると、

「待ってくれ」

高見原が、直央の手を摑んで止めた。

「きみとはちょっと話したい」

彼の右手が……直央の左手を、摑んでいる。

「え、あの」

高見原の手が……熱く、そして大きい。

決して強く握っているわけではないのに、何かこう……強い意志を感じる握り方。

「部屋へ、いいか」

高見原が尋ね、考えるよりも前に直央は頷いた。

高見原が空いている左手で鉄扉を閉め、廊下を、部屋へと戻っていく。

直央の手を摑んだまま……というか、これは「手を繋いでいる」状態だ。

部屋に入って扉を閉めると、高見原が直央に向き直った。

「……あの……」

直央は戸惑った。

高見原もまた、戸惑っているように見える。

手はそのままだ。

どうしよう、なんだか繋いでいる手がじわじわと熱くなってきて、そこから全身に熱が伝わって、どうにもこうにも落ち着かない。

こちらから振りほどくわけにはいかないだろうし、でもこのままでは……と思っていると、高見原が躊躇いながら言った。

「……すまない、きみから、手を放してくれないか……」

「え？」

直央が驚いて高見原を見ると、高見原が困ったように眉を寄せている。

「私からは……なんだか離せないんだ」

離せない、というのはどういう意味だろう。

「あ、あの……でも」

直央も、離せない。

別に振りほどくわけではなく、ほんのちょっと手を開いて引くだけでいいはずなのに、それができない。

どうしてだろう、と思っているうちに手から全身に伝わる熱が顔まで上がってきて、頬や耳が熱くなってくる。

すると……高見原が低い声で言った。

「このままだと、私は勘違いをしそうだ」

勘違いってどういう……？

頭の半分ではそう思いながら、もう半分では「この人の声はやっぱりすごく素敵だ、この声が好きだ」などと思っている。

「友部くん」

その、胸のあたりに響く、直央がとても好きな声で、高見原は言った。

「このまま言わせてもらうよ。私にもこんなことははじめてで、どう言ったらいいのかわからないのだが……私には、きみのような人が必要なんだと思う。私の……個人的に、私の側にいてくれないだろうか」

個人的に、側にいる……？

どういう意味だろう、と直央はぼんやり高見原を見上げた。

やはり直央にとっては完璧に見える、男らしい美貌。

この距離だと、グレーと茶色が混じったような不思議な瞳の色がよくわかる。

直線的な眉、通った鼻筋。

そして少し肉厚の唇。

ああ……この人の顔全体からはストイックな印象を受けるのに、なんだか唇だけが官能的に見えて、そのわずかなアンバランスさが、この人の顔をより魅力的に見せている。

いや待て、自分は何を考えているんだ、と直央は真っ赤になった。

官能的、だなんて……同性の、しかも唇を見てそんなことを思うなんて。

「……その顔は……拒絶ではない、と思っていいのかな」

高見原がわずかに身を屈《かが》め、顔がほんの少し近くなる。

当然、その唇も。

目が離せない。

「友部くん……下の名前は？」

高見原の声が、ひそめるようにさらに低くなり、そのやわらかい音が直央の身体の芯《しん》を甘く刺激したような気がした。

「……な、直央……」

「なお」

高見原の口から、高見原の声で自分の名前を呼ばれると、心臓がばくっと跳ねる。

これはなんだろう。

さらに高見原が身を屈め、直央は「キスされる!?」と思ったのだが……

高見原は身を屈めながら、繋いだままの手を持ち上げ、直央の手の甲に唇を当てた。

軽く……なのに、熱い……！

そして「キスされる」などと思った自分が、めちゃくちゃに恥ずかしい。

いや、唇にではなく手の甲にだが、これもキスなのか。

そしてこの、身じろぎすらできない、濃密な空気に搦《から》め捕《と》られたような感じは、いったいなんなのだろう。

そのとき。

ぴるぴるぴる、というやわらかい電子音が鳴り響き、直央は……そして高見原もびくっとして、自然にぱっと手が離れた。

音は、ダイニングテーブルの上に無造作に置かれた高見原の携帯からだ。

「……っ」

軽く舌打ちし、高見原は大股でテーブルに近寄って携帯を見ると、さっと画面をスワイプさせて耳に当てた。

「私だ……ああ、星」

秘書の星かららしい。

「急ぎか……え？　それはいつ？　先方の代表から直接？」

高見原の声に緊張が走り、何か緊急の大事な要件なのだと直央にもわかる。

邪魔をしてはいけない、と直央が部屋を出ようとすると、高見原は掌の動きで直央を止め、そして電話で話しながら手招きをした。

直央がテーブルに近付くと、高見原は片手でテーブルの上にあった書類入れを探り、名刺入れを探し当てて一枚取り出すと、素早く何か書き付けて、直央に差し出す。

そこには、携帯の番号が書いてあった。

「ああ、そうだ、だったら交渉の段取りをつけてくれ、向こうの都合のいい日時を優先だ」

電話に向かってそう言い、向こうで星が何か話しているのを聞きながら直央に向かって唇を動かした。

「アトデマタ」

厳しいビジネスマンの表情になっていたのが、一瞬だけ目を細めてちょっと照れくさげな感じになる。

直央は頷き。名刺を握りしめて、急いで部屋を出た。

早足で廊下を歩き、裏動線への鉄扉を開け、中に飛び込むと——

直央はその場にしゃがみこんだ。

頬が、耳が、全身が熱い。

そして……あらぬところも、熱くなっている。

股間だ。

「な、なんでっ……!?」

熱くなっているだけではなく、当然体積も増している。

制服のジャケットはウエストまでの丈が短いタイプだ。まさか高見原に気付かれなかっただろうか。

あの、変な熱のせいだ。

繋いだ手から伝わる熱が、全身に広がって、顔が熱くなって、そしてこんなところまで。

いったい何が起きているのだろう。

落ち着け、あの人は男だ。

そして、お客さまだ。

直央は気持ちを身体を落ち着かせようと、しばらくその場で深呼吸し、そしてたった今交わした高見原との会話を頭の中で何度も何度も反芻《はんすう》した。

きみのような人が必要。

個人的に側にいてほしい。

そして……手の甲への、キス。

これってまさかもしかして——告白⁉

恋の告白的なもの⁉

そしてそれを、直央は拒絶しなかったということは……

「俺、もしかしてあの人と付き合うの……？」

思わず声に出してしまうと、おそろしく現実感がない言葉に思える。

同性なのに。

いや、もちろんそういう恋愛があることは知っている。

知ってはいるが……そもそも直央には恋愛経験というものがなく、自分から誰かを好きになった、片思い的なものすらしたことがない。

だから今の今まで、自分が同性とどうにかなるなんてことを想像したことすらなかった。

もしかして自分はもともと、同性を好きになる人間だったのだろうか？

よくわからない。

だがとにかく、高見原という人が何か、自分にとって特別な意味を持つ特別な人なのかもしれない、という気がする。

恋愛感情なのかどうかよくわからないけれど……好きか嫌いかと言えばきっと好きで、告白が嬉しくて、そして身体がこんなふうに反応するということは……

これはつまり、そういう意味の好きで……

恋、ということ⁉

星の電話がなくて、もうちょっとあの人と向かい合っていたら、それがわかったのだろうか。

もし彼からの告白がなかったとしても、彼に対する好意はやっぱりそういうたぐいのものだと、いつかわかったのだろうか。

だとするといったいいつから自分は、あの人のことを好きになったのだろう。

ロビーで見かけて気になっていたときから……?

いや、それは憧れめいたもので恋ではなかったような気もするのだが……それに憧れてレアキャラ扱いしていたのは、もとの世界での話だし。

だがとにかく今の自分は、今のあの高見原のことが、こんなに気になっている。

頭の中は彼のことでいっぱいで、それでも直央はなんとか残りの短い時間を必死で仕事に集中し……

退勤前にシフトを確認してはじめて、明日は休みだということに気付いた。


その夜、シャワーブースの鏡を覗くと、向こうの直央はすでにスタンバイしていた。

表情が明るく、楽しそうだ。

「そっち、何か変わったことあった？」

そう尋かれて、直央はとっさに「う、ううん、特に」と首を振った。

高見原に告白されたのかもしれない、あの人が好きなのかもしれない、付き合うのかもしれない、と……「かもしれない」だらけの状態で何をどう話したらいいのかわからない。

それに、そもそもこっちの直央に無断で、こっちの人と恋愛関係になってしまっていいのだろうか、と思っていると……

「ねえ、尋きたいんだけど、こっちの世界で、恋ってしたことあるの？」

唐突に向こうの直央が尋ね、直央は息が止まるかと思うほどに驚いた。

「こっ……こい……な、な……んで？」

何か気取られたのだろうか。

しかし向こうの直央は、ちょっと照れくさそうに舌を出す。

「いや、ちょっと興味あって。目立たない顔だと、出会いとかってどういう感じなのかなって」

それを言うなら……直央だって、興味がある。

「こっちではどうだったの？　恋って普通にできた？」

「うーん、微妙」

向こうの直央は肩をすくめる。

「どうしたってまず顔からだから……それにほら、変な男を引き寄せるって言っただろ？　手順を踏んだ恋愛っていうよりは、まず襲われそうっていうか……だからはっきり言って、恋なんてしたことないし、できるとも思ってなかったし」

前にも聞いてはいたが、とにかく厄介ごとのほうが多かったのだろう。

「で、こっちでは？」

畳みかけるように向こうの直央が尋いてきたので、直央は首を傾げた。

「ううんと……そっちだと何しろ、誰かに好きになってもらう前に存在を認識してもらうのが大変だし。自分からも……そうだね、どこかに『どうせ俺なんて』っていうのがあるから、誰かを好きになることもなかったかなあ」

「そっか」

向こうの直央は真顔になった。

「理由は違っても、俺たち、やっぱり同じような感じなんだね」

同じような、という言葉に、直央はむずむずした。

こんな質問をしてくるということは、向こうの直央にも何かあったのだろうか。

相手は……高見原なのだろうか。

あっちとこっちで最終的になんとなくつじつまが合うものなら、どっちの直央も、高見原と何かあるのだろうか。

しかし……

「まあ」

向こうの直央は何か納得したように頷いた。

「でもそういう感じなら……ちょっと違う気持ちで、恋愛とかもできるといいなあ」

そう言ってから慌てたように付け足す。

「あのっ、もしこのまま戻れないようならってことだけど」

「う、うん」

直央も慌てて頷いた。

そうだ……ある日突然、目を覚ましたらもとの世界に戻っているかもしれない、という危険はまだあるのだ。

無意識に直央は、戻ることを「危険」と認識している自分に気付いた。

そう……その可能性は存在する。

だとすると、こちらの高見原と勝手に付き合い始めたら、やっぱりもともとのこちらの直央に迷惑をかけてしまうことになる。

それより何より……向こうに戻って、高見原とのことがすべて「なし」になってしまったら、自分はいったいどうすればいいのだろう。

向こうの高見原は自分のことを個別認識してくれているかどうかも怪しいのだ。

だったら……そもそも「はじめない」ほうがいいのだろうか。

そんなことを思い迷って、直央はとうとう、向こうの直央に高見原とのことを打ち明けることができなかった。


翌日は、休み。

つまり高見原には会えない。

それは、冷静になる時間を一日もらったようなものかも、と直央は思った。

とはいえ、休日は休日で洗濯をしたり部屋の中を片付けたりと、ただ寝転がって考えているというわけにもいかない。

それに、考えても考えても、どうしたらいいのかわからない。

とにかく昨日の流れだと、自分はたぶん、高見原の告白を受けたのは確かだと思う。

そして自分は断らなかった……つまり、付き合うことになった。

ただ、それが本当の本当に本当なのかどうか、もう一度確認したい気もする。

万が一、意味を取り違えているとしたら。

思い違いだったらと思うと、転げ回りたいほど恥ずかしい。

そして……思い違いでないとしたら、本当に付き合うのか、それとも「やっぱりだめです」と断らなくてはいけないのか。

そうなったら……客と客室係という関係も、気まずくなりはしないだろうか。

だからといって、付き合い始めたら……その付き合いというのは、どういう付き合いで、どこまでいくものなのだろう。

だいたい高見原に接近してあの目や唇を見たら、自分の身体がまだ、あらぬ反応を示しそうで……

高見原のほうは、どういう付き合いを想定しているのかもわからない。

自分だけ勝手に先走っているのならそれはそれでむちゃくちゃ恥ずかしい。

ぐるぐるぐるぐる。

考えは堂々巡りで、なんの結論も出そうにない。

夕方近くになり、直央はやっと、少し食料品を買い足しておかなくてはいけないということ思い出して外に出かけた。

少し歩いて、直央は、道行く人が自分の顔を見て驚いたような顔をするのに気付いた。

年配の女性二人など、すれ違ってから「あらあ、見た？」「見た！」などと浮かれた声を出している。

直央ははっとした。

帽子もサングラスもマスクも忘れた……！

素顔で出てきてしまった。

入れ替わった翌日以降気をつけていたのだが、休日で電車に乗らないので油断したのと、高見原のことを考えていて上の空になっていたせいだ。

なるほど、ちょっと素顔で歩いただけで、まるで有名芸能人を見つけたような反応をされるのだから、こっちの直央も大変だったわけだ。

戻るべきか？

だが、外はそろそろ夕暮れ時だし、もう最寄りの小さなスーパーまで三分の二ほどを歩いてきてしまったので戻るのも面倒、という気がする。

さっさと買い物を済ませて帰ればいいだろう。

そう思いながら、直央は俯いて、早足でスーパーに向かった。

だが……

籠を持って冷凍食品売り場に直行し、ガラス扉の中を眺めていた直央は、いやな違和感に気付いた。

自分の背後を……男が通っている。同じ男が、何度も。

ちらちらとこちらを見ながら、次第に通り過ぎるときの距離を詰めてきて……三度目に通ったとき、男の手が直央の臀部に軽く触れた。

なんだこれ。

痴漢だろうか……それとも考えすぎで、この男も冷凍の牛丼や餃子《ギョーザ》に用事があるのだろうか。

直央は扉を開けて適当なものを籠に放り込み、急いでその場を離れた。

次に乳製品売り場に行って、朝食用のドリンクヨーグルトを手に取ろうとしていると……さっきとは違う男が、ぴったりと直央の隣に並んだ。

商品を手に取るわけでもなく、スペースはいくらでもあるのに、肩が触れ合うような位置に立って、横から直央を押してくる。

直央が一歩横にずれると、その男も一緒に横にずれ、そして低く言った。

「お兄さんさあ……最近見なかったね。今日はすっぴんで、どうしたの?」

すっぴんって……普段化粧をしているわけじゃないんだから、と思いつつ……直央は男の声音にぞわりとした。

これは、ヤバイやつだ。

ねっとりとして、いやな熱を持った声だ。

そうだ……こっちの世界の直央は、たんに美形で注目されるだけじゃなくて、変なフェロモンが出ているらしいと言ってたじゃないか。

それで実際、痴漢に遭い、ホテルの客に襲われかけたじゃないか。

それなのに、通勤に帽子やサングラスを使い、仕事もスイート担当になったことで初日のような目に遭わなくなって、完全に油断していたのだ。

直央はドリンクヨーグルトを買うのを諦め、籠を持って小走りにレジに向かった。

会計の間にも、レジを担当している若い女の子がちらちらこちらを見たり、次に並んでいる老人がまじまじと直央の横顔を見ているのがわかる。

それでも、それくらいの視線ならまだましだ。

問題は……あからさまによこしまな男の視線だ。

会計を済ませ、エコバッグに買ったものを急いで詰め込んで、直央はスーパーを出た。

もう日が落ちて、暗くなり始めている。

来るときは、夕暮れ時で顔が見えにくいからいいか、くらいに思っていたのだが……急に、暗がりが危険なものに思えてくる。

そして、早足で歩いていると。背後から足音が聞こえた。

少し離れて直央のあとをついてくる足音。

直央が足を速めると、足音も小走りになる。

直央がいきなり立ち止まると一瞬遅れて足音も止まる。

——間違いない、つけられている。

どっちだろう？

冷凍食品前の痴漢か、乳製品前のヤバイ感じの男か。

まさかどっちでもない第三の男なのか。

たいしたことのないマンションへの距離が、来るときの倍以上に感じる。

そろそろマンションが見えてくるあたりで、直央ははたと気付いた。

このまま家に帰って、背後の男に家を知られるのはまずいのではないか。

こっちの世界の直央が、内鍵をあれだけ足している意味をちゃんと考えてみろ。

慌てて直央は、家に着く直前で、角を曲がった。

とにかく背後の男をまかなくては。

曲がった先は小さな公園だ。

そこに足を踏み入れてから、直央は「ここはまずい」と気付いた。

住宅地の中の小さな公園だが、数本の巨木があって、意外に暗いのだ。

しかも、入り口は今入ってきたところだけで、反対側に抜けられるようになっていない。

どうしようもなく、直央は立ち止まって振り向いた。

少し離れたところに、男がやはり立ち止まって直央を見ている。

これは、乳製品前の男のほうだ。

四十過ぎと思われる、よれよれのスーツを着た猫背の男。

それでも鼻が高くて眉が濃くて、直央から見たら濃いめの割合整った顔に見える……ということは、この世界では以下省略だ。

「こんなところに誘い込んで、どうする気だよ？」

男がにやりと笑って言い、一歩こちらに向かって踏み出す。

「いくら欲しいんだ？　これでどこまでやらせる？」

そう言って、人差し指を立てる。

ええと、これはつまり、売春的なことを要求されているのだ。

冗談じゃない。

しかしどうしていいかわからない。

「なんだよ、もったいぶるなよ」

男がそう言って、直央に向かって手を伸ばしながらさらに一歩踏み出した瞬間。

相手の掌から自分に向けて、何かとてつもないぎらついた欲望のようなものがぶつけられたような気がして、ぞわ、と全身に怖気《おぞけ》が走り――

「うわあああああ！」

直央は思いきり声をあげた。

「な……」

一瞬相手が怯《ひる》んだ隙に、男の脇をさっと走り抜けて公園の出口へ向かう。

「な、なに⁉」

公園の前を通りかかった若いカップルが驚いている間に、直央は路地へと駆け込んだ。

いくつか角を曲がり、背後に足音が聞こえないことを確かめてからようやく立ち止まり、ブロック塀にもたれてはあはあと息をつきながら、足ががくがく震えていることに気付く。

怖かった。

こういうことが、こんなに怖いとは思わなかった。

初日に痴漢にあったり客に襲われたりしたときは、まだ現実感がなかったのだろう。

だが今、自分が「そういう目で」見られていることが、急に「自分の現実」だとわかり、それが怖い。

不愉快さ、惨めさ、悔しさ、気持ち悪さなどがぐちゃぐちゃに入り交じっている。

なんとか相手を撒《ま》くことができたようだが、怖くてこのまま家には帰れない。

こんなときに誰か、助けてくれる人……頼りになる人は……？

親とはなんとなく疎遠で、親友といえる人間もいなくて、こんなときに自分は誰にも頼れないのだろうか……？

その瞬間、直央の頭に、一人の男の顔が浮かんだ。

——高見原。

いや、こんなことであの人に迷惑をかけては、と思うが……怖くて一人で家に帰ることも、帰り着いても家に居ることもできないような気がする今、高見原の顔は、希望の光のように思える。

直央は慌ててポケットから財布を出した。

もらった名刺はその中に入っている。

震える手で、携帯を取り出し、手書きで書き加えられた番号にかける。

と……

呼び出し音が鳴るか鳴らないかで、いきなり声が聞こえた。

「もしもし？」

「あ……」

「直央くんだな？」

声は少し弾んでいる。

「今日、きみが休みだと聞いて……嬉しいよ、きみから電話をくれるなんて」

言いかけて、声音が変わった。

「どうした？　もしかして、何かあったのか？」

直央は何も言っていないのに、どうしてわかるのだろう。

だがとにかく直央は、高見原の声を聞いてほっとし、ようやく足の震えが止まったような気がした。

「あ、あの、いきなりすみませ……」

「うん、大丈夫だから。どうした？」

高見原の声は、穏やかで力強い。

「か、買い物に出たら……変な男に……つけられて」

「今、どこだ」

「家の近くの……横道、です……なんか、まだつけられてるかもで……どうしたら」

どうしたら、と言いつつ、そんなことを言われても高見原だって困るだろう、と直央はふいに思った。

「あ、いえ、でも……気持ち、落ち着きそうなので」

高見原の声を聞いただけで、ほっとし、冷静になれそうな気がする。

「すみませんでし……」

「きみの家はどこだ？」

高見原は直央の言葉を遮り、尋ねた。

「住所を言って」

有無を言わさない口調に、直央は慌てて住所を告げる。

「わかった、そのマンションの二階だね？　今から帰れそうか？」

「帰るのは……なんとか」

「誰かがすぐ後ろにいないかどうか確認して、部屋に入ったらすぐに鍵をかけて、灯《あか》りはつけずに窓のカーテンも閉めておくんだ」

てきぱきと高見原は指示した。

「もしつけられていて家に入れないようなら、どこか近くの、明るくて人通りのあるところに行って。すぐに行くから」

行く？

高見原が……来てくれる？

本当だろうか……彼がわざわざ来てくれるのだろうか。

申し訳ないと思いつつ、そうだったら本当に心強い、と思う。

直央は周囲を見回し、不審げな人間が近くにいなさそうなのを確かめてから、早足で歩き出した。

本当は走り出したいのだが、走ると却って人目を惹きそうな気がする。

幸いすっかり日は落ちて、遠目には直央の顔立ちもわかりにくくなっているだろう。

マンションのエレベーターは空で一階に止まっており、急いで乗り込んで二階を押してから、ちょっと考えて三階や四階も押す。

もし誰かが見ていても、何階で降りたかわからないように……と思ったのだが、効果はあるのかどうか。

廊下は無人で、無事に自分の部屋に飛び込むと、直央はとにかくすべての鍵をかけた。

それから高見原に言われたとおり電気はつけずに、窓のカーテンを閉める。

そうして部屋の中にへたり込み、直央は買い物をしたエコバッグを持っていないことに気付いた。

どこかで落としたのだ……走りながらなのか、公園でか、それとも高見原に電話しようと財布や携帯を取り出したときか。

そんなことにも気付かなかった。

それでも、しばらく真っ暗な自分の部屋で座り込んでいるとようやく少し落ち着きを取り戻し、直央は立ち上がった。

高見原は本当に来てくれるのだろうか。

無事に帰り着いたから、大丈夫だともう一度連絡するべきだろうか。

そう思ったとき、ドアの外に足音が聞こえ、次の瞬間チャイムが鳴って、直央は飛び上がった。

もう来てくれたのだろうか。

直央はドアに駆け寄り、念のためドアスコープを覗こうとして、見覚えのない蓋《ふた》がついているのに気付いた。

これもこちらの世界の直央の、防犯対策か。

彼はこれまで、どれだけ怖い思いをしてきたのだろう、とあらためて思う。

ただただ「美形」……「超絶美形」だというだけのことで。

指で蓋をそっとずらし、外を見る。

その瞬間まで直央は、外にいるのは高見原で、姿を確認したらすぐに鍵を開けようと思っていたのだが——

外にいたのは、知らない男だった。

いや、知らなくはない……公園まで追いかけてきたのとは違う、冷凍食品前の痴漢のほうだ……！

直央の膝ががくがくと震えだした。

ずっと直央を追ってきたのだろうか？

それともまさか……以前から直央に目をつけていて、このマンションを知っていて待ち伏せでもしていたのだろうか……？

再びチャイムが鳴って、直央はどきっとしてドアスコープの蓋から手を放した。

返事をせずに息をひそめていると、今度はどんどんと扉が叩かれる。

「友部さん、お届け物ですよぉ……いるんでしょ？　友部さぁん」

ドアに表札は出していないのに、名前を知っている。

郵便受けには書いてあるから……そちらを見たのだろうか。

宅配会社の配達員などではないことは、一目瞭然だ。

「友部さーん、開けてくれないといつまでもここにいなくちゃいけないんだけどー」

どこか楽しそうに男はそう言ったが――

「ねえ、とも……」

次の言葉はそこでいきなり途切れた。

同時に、扉の外でどさりという重い音。

「な、何するんだ！」

「お前こそ何をしている、ストーカー！」

低く抑えた、しかし迫力のある声でそう言ったのは……

高見原の声だった。

来てくれたのだ、本当に……！

直央は慌ててまたドアスコープに目を当てた。

「失せろ！」

姿は見えないが、相手の男らしい足音がどたどたと廊下を遠ざかっていくのが聞こえる。

そして。

「……直央くん」

落ち着いた声が、聞こえた。

「直央くん、もう大丈夫だ」

直央は焦るあまりに震える手で、鍵を全部開け、そして扉を開いた。

そこに……本当に、高見原が立っていた。

少し息を切らして、わずかに蒼《あお》ざめて。

サングラス越しに、気遣わしげに眉を寄せているのがわかる。

「高見原さ……」

直央は思わず高見原の胸に飛び込んで抱きつきたくなったが、いくらなんでも……とその衝動を必死で抑え込む。

だがそのとき、高見原のほうが大きく両腕を広げ……直央は、高見原に抱き締められていた。

「あ……」

途端に、怒濤《どとう》のように安堵《あんど》感が押し寄せてきた。

高見原の広く逞しい胸が、力強い腕が、直央が「怖い」と思ったものすべてから自分を守ってくれる気がする……！

このままずっと抱き締めていてほしい、離してほしくない。

震える手を高見原の背に回し、直央からも彼に抱きつこうとしたとき……

「あ、すまない」

高見原が慌てて腕を緩めた。

そのまま、直央の顔を間近で覗き込む。

「大丈夫か」

高見原はほっとしたように頷いてから、ちょっと左右を見る。

「……中には入らないほうがいいか？」

直央を気遣ってそう言ってくれているのだ。

「だ、大丈夫です、どうぞっ」

直央は慌てて後ろに下がって部屋の電気をつけ、高見原は玄関に入ってから振り向いて、鍵をかけようとしてその動きを止めた。

「これは……」

直央のほうに向き直った高見原の眉が、きつく寄っている。

「はじめてじゃないんだな？　こういう目に遭うのは」

「あ……ええと」

こちらの世界の直央がこれだけ鍵を増やしたりドアスコープに蓋をつけたりしているということは、直央自身には実感がないが、そういうことだ。

無言で頷くと、高見原はふう、と息をついて、ちらりと部屋を見回した。

「ここはセキュリティが甘すぎる。エントランスもオートロックではないし、ドアモニターもない。こんなところにきみを置いておくのは不安すぎる」

そもそも直央のバイト代ではセキュリティのしっかりしたマンションの家賃など払えないので仕方ないのだが、直央だってもうこの部屋にいるのは不安だ。

だが今日これから引っ越すわけにもいかないし、と思っている直央に、高見原が続ける。

「身の回りの、最低限必要なものだけ持って、私と一緒に来なさい」

「え？」

「急いで」

一時的にどこかに避難したほうがいいと言ってくれているのだ。

高見原は助けに来てくれた……自分のＳＯＳに応えてくれた。

だったらとにかく今は、彼の言うとおりにしようと思いながら、直央は急いで着替えを少しとスマホや充電器、洗面道具などを通勤用のヒップバッグに入るだけ詰め込んだ。

高見原は室内には一歩も入らず、まるで外部からの侵入者を防ぐかのように玄関に仁王立ちになっていたが、直央が荷物を詰め終わったのを見ると手を伸ばしてそれを受け取り、玄関の扉を開けて左右を見回して不審者がいないのを確認してから外に出た。

靴を履いて直央もおそるおそる外に出る。

「鍵をかけて」

高見原に言われて家の鍵をかけると、高見原が頷いて非常階段に向かったので直央も続いた。

マンションの前に出ると、そこには一台のタクシーが駐《と》まっていた。

高見原が近付くと運転手がドアを開ける。

「待たせたな」

高見原は運転手にそう言って、直央を見た。

「乗って」

それでは、ホテルからここまでこのタクシーで来てくれたのだ。

直央が乗り込んだあとから高見原も乗り込み、そして告げたのは、高見原が滞在中の、直央のバイト先でもあるホテルの名前だった。

バイト先のホテルで一泊しろ、ということだろうか。

確か、夜シフト用の仮眠室というのがあるけれど、緊急避難的に泊まらせてもらえるのかどうか……高見原が口添えしてくれる気だろうか。

高見原を見ると、力づけるように頷く。

この人の考えに従おう、自分ではろくな考えが出てきそうにないし、と直央は思う。

運転手をはばかってか高見原は車内では無言で、直央もその沈黙によって気持ちが落ち着いてくる。

やがてホテルの車寄せにタクシーが着くと、年配のドアマンがさっと寄ってきて、開いたドアから降り立った高見原に「お帰りなさいませ」と言ってから……

続いて降りてきた直央を見て目を丸くした。

「友部……どうして？」

「あ、ええと、あの」

直央は口ごもり、それから高見原を見た。

「あの、ありがとうございました、俺……通用口に回るので」

「それでは何にもならない。一緒に来なさい」

高見原はそう言って、直央のヒップバッグを持ったまま正面入り口から入っていく。

直央が慌ててあとを追うと、高見原は平然とフロントに向かい「今日は彼を私の部屋に泊めるので、必要なら飯田さんに私から説明をする」とだけ告げて鍵を受け取る。

「あのっ、高見原さま、それはちょっと……っ」

直央が焦って言うと、高見原は振り返り、直央を正面から見た。

「きみは今、勤務中じゃない。今夜のきみは、私の客だ」

断固とした口調の裏に、直央に対する心配と責任のようなものが感じ取れる。

勤務中ではなく……そして高見原の「客」としてなら、いいのだろうか。

直央だって、高見原が一緒にいてくれるならどれだけ安心できるだろう。

仮眠室を借りるためにあれこれ説明したり手続きをしたりしなくてはいけないことを考えると、今日はもうそんな気力はない、と感じる。

そのまま直央は、フロント係やベルボーイたちの興味津々という視線を感じながら、高見原と一緒に上階に向かい……高見原の部屋に入ると思わずほうっと安堵の息をついた。

同時に高見原もほっと息をつき、思わず顔を見合わせ……そして高見原が苦笑する。

片頬に笑い皺《じわ》が寄る笑みが、なんだか艶っぽく見えて直央はどきりとした。

この……なんというか、もしかして恋の告白をされて受けたことになっているのかもしれない相手と、ホテルの部屋で二人きり、という状況は……いいのだろうか。

いや、いいって何が？　と自分でもよくわからない。

と、高見原がサングラスをはずし、傍らのテーブルに置いた。

「直央くん」

高見原は直央の正面に立ち、直央の顔を見つめた。

少し蒼ざめた、真剣な顔。

「よかった……きみに何かあったらどうしようかと、タクシーで向かいながら本当に心配だった」

その、低く響く声が直央の胸に真っ直ぐ入ってくる。

ああ、この人は心から自分を心配し、そして助けを求めたら駆けつけてくれたんだ。

ようやく直央は、それを実感できた。

「嬉しい……です」

そうだ、余計な遠慮とか混乱を投げ捨てて、ただ嬉しいのだ、とわかる。

高見原の顔を見上げると、その不思議な色の瞳が、かすかに揺れた。

高見原がさらに一歩近付く。

この瞳が好きだ、と直央は思い……そしてその目から視線を離せなくなる。

そしてその唇も。

体温を感じられないほど整いすぎた顔に、その唇が温度を与えているように見える、引き締まっているのにどうしてか艶っぽい唇。

今度は、その唇から目が離せない。

すると……

「直央、く……」

高見原が語尾を飲み込み、同時にその唇がさらに近付き——

直央の唇に、触れた。

キス……これはもしかして、いやもしかしなくても……キス……？

直央が固まっていると、高見原の手が直央の両頬を包み、そっと唇を押し付けてくる。

掌と唇と、どちらが熱いのかわからない。

ただ、高見原にキスされていると思うだけで頭がぼうっとして、身体の芯が熱くなってくる。

どうしよう。

つまりええと、息はどうやってすればいい？

それに、高見原とはかなり身長差があって、彼が身を屈めてくれてはいても直央はかなり上を向く姿勢になって、首がちょっと痛い。

例えばソファに座ってだったらもう少し楽なのだろうが……座るためには一度唇を離さなくてはいけないだろうし、それはいやだ。

高見原は直央がじっとしているので、優しく唇を合わせたまま角度を変え、押し付けてくる。

さらに首が辛くなり、息が苦しくなる。

思わず直央は高見原の腕に摑まり、引っ張った。

それは溺れる者が何かにしがみつくような無意識の動作だったのだが、高見原ははっとしたように唇を離した。

「す、すまない」

慌てたように頬を包んでいた手をぱっと放し、一歩退《ひ》く。

「調子に乗った、申し訳ない、そういうつもりでここに連れてきたのではなかった」

その日の縁がわずかに赤くなっているのを見て、端然と整った高見原の顔が、急に生身の男のものだという気がして……直央は慌てた。

何を考えているんだ、生身の男だなんて……当たり前のことじゃないか。

そう思いつつも、直央の頬も熱くなっている。

「きみは無防備すぎる」

高見原は直央の顔から視線を引き剝がした。

「きみのその……その顔立ちを鼻にかけていないのは素晴らしいことだと思うが、もう少しその……用心しないと。よくこれまで無事だったものだと思う」

それは確かにそうなのだ。

こっちの世界の直央がどれだけいやな目に遭い、用心してきたのか、あの鍵を見ただけでもわかる。それどころか自分の顔を見るのがいやになって鏡を隠すほど……

「あ！」

直央ははっとした。

そろそろ時間だ……シャワーブースの鏡で、向こうの直央とその日の報告などをし合う時間。こちらでは休日、向こうの直央は確か早番だから、この時間に会えるはず。

「どうした⁉」

高見原が驚いたように直央を見る。

「あ、いえ、あの、その」

直央は慌てて言葉を探した。

「その……ええと、この部屋には……鏡は……」

ないだろう、ないはずだ。

高見原は、こっちの世界の直央とはまさに正反対の理由で鏡を拒絶している。

そしてこの部屋は、長期滞在のお得意さまである彼のための仕様になっていて、鏡という鏡はすべて取り払われているのだから。

「鏡」

高見原が言ったので、鏡の話題など出して気を悪くさせたくないと、直央は急いで首を振った。

「いえ……」

「こちらに来なさい」

高見原はついと向きを変え、寝室を通ってパウダールームに向かう。

パウダールームの鏡もはずされているはず、と思いながら直央がついていくと、高見原は洗面台についている引き出しを開け、中から折りたたみ式の小さな鏡を取り出した。

「さすがにひげそりなどに必要なので、これだけはある」

高見原は直央にその鏡を渡しながら、言った。

「きみの顔はいつもと同じように完璧な美しさだとは思うが」

直央は真っ赤になった。

自分が美形扱いされることに、仕方なく慣れてはきているものの、高見原に改めてそんなふうに言われると……なんというか、恥ずかしくて……嬉しい。

いや、彼は自分の顔にコンプレックスを持っているのだから、喜んではいけないのだろうか……？

「ああ」

直央がどぎまぎしていると、高見原が思いついたように言った。

「きみ、夕食は？」

直央は、どこかに落としてきてしまった冷凍食品のことを思い出した。

「いえ……まだ」

「じゃあ、何かルームサービスを頼んでおくから、きみはよかったらこのままバスルームを使いなさい。ゆっくりリラックスして」

高見原はそう言ってパウダールームを出て行きかけ、振り返る。

「アレルギーや好き嫌いは？」

「あ、いえ、何も」

直央が答えると高見原は微笑《ほほえ》んで頷き、そして出て行った。

パウダールームの扉が閉まっても、直央はその高見原の気遣いや笑顔を自分の中で思わず反芻してしまっていたが、手の中の鏡を見てするべきことを思い出した。

鏡を開き、覗き込む。

小さな鏡で顔全体は映らないが、なんとか自分の目鼻は見える。

そう……「自分」の。

向こうにいる、こっちの世界の直央の、ではなく。

瞬きをすると、鏡の中の直央も瞬きをする。

口を尖《とが》らせると、鏡の中の直央も口を尖らせる。

舌を出すと、鏡の中の直央も……

「だめかあ」

直央は小さくため息をついた。

なんとなくそんな気はしていたのだが、自分のマンションの、あの、シャワーブースの鏡でないと、向こうの直央には会えないのだ。

だとすると向こうの直央は、こっちの直央がいないので心配していることだろう。

だがこれまでにも、どちらかが突発的に残業になったり急用が入ったりして会えなかったことはある。

明日の夜にでも説明するしかない……できれば……と思いつつ、直央は不安になった。

明日になったからといって、あの部屋に戻って一人でいられるだろうか。

少なくとも一人の怪しい男に、あの部屋を知られていることはわかっているのに。

だがまあ、今は考えても仕方がない、と直央は気を取り直し、風呂に入った。

ずっとシャワーを浴びるだけだったので、湯船につかるのは久しぶりだ。

自分が働いているホテルの、スイートルームの豪華なバスルームだと思うと妙な気持ちになるが、身体が温まると心もリラックスしてくるのがわかる。

人間シャワーだけではだめなのだ、湯船が必要なのだ。

引っ越すとしたら、今度は小さくてもいいから湯船のあるところにしよう、と思う。

バスルームから出ると、パウダールームにはパッケージに入ったままの真新しい下着と、ホテルに備え付けのロングシャツタイプの寝間着が用意されていた。

フロントに電話して持ってこさせたのだろうか、高見原はこんなところまでよく気付く人なのだ。

パウダールームを出て、寝室を通っておそるおそるリビングに行くと、ソファに座っていた高見原が笑顔になった。

「さっぱりしたようだね」

「ありがとうございます……着替えとかも、いろいろ」

「食事が来ているよ。きみがこの部屋にいて、違う誰かがルームサービスを持ってくるのはなんだか不思議だね」

高見原が示したダイニングテーブルには、豪華な食事がセットされていた。

直央が何度も仕事で運んで見覚えのある、しかし自分で食べたことはない、ローストビーフのセットだ。

それを見た瞬間、直央の腹がぐぐぅっと鳴った。

直央が赤くなるのと同時に高見原が吹き出す。

「さあ、食べなさい、どうぞ」

「あの、高見原さまのぶんは……」

「私はすませた。そして『さま』はやめてくれ」

高見原はそう言いながら、直央のために椅子を引いてくれる。

「今は、きみは仕事中ではなく、私の客だ。私はきみを直央くんと呼ぶのだから……きみはそうだな」

座った直央の正面に回り、高見原も椅子に座って微笑む。

「佳道《よしみち》と呼んでくれると嬉しいんだが」

高見原さん、ではなく……下の名前で。

「よ……佳道……さん……」

そう声にした途端、直央はなんだか気恥ずかしくて赤くなった。

なんだか……恋人同士みたいな……みたいというか、自分は本当に、この人と「付き合う」ということになったのだろうか？

信じられない。

視線を落とすと、おいしそうな食事が直央を誘っている。

ええい、とにかく腹が減っては戦はできぬ、だ。

何が戦なんだかわからないけど食欲には勝てない、と思いながら直央は両手を合わせて「いただきます」と頭を下げ、そして食べ始めた。

もともと直央は細身ではあるが食欲は旺盛だ。

食べ始めるとそのおいしさに夢中になり、無言で一生懸命食べ進め……

水を飲もうと思ってふと顔を上げると、高見原は頬杖《ほおづえ》をついて片頬を支え、目を細めてなんだか楽しそうに直央を見ていた。

「あ」

無言で、夢中で、食べていた。

目の前に高見原がいるのに失礼だっただろうかと戸惑っていると……

「食べ方がきれいだ」

高見原は微笑みながら言った。

「それに、本当においしそうに食べる。見ているだけで幸せな気持ちになるね」

そうだろうか。

一応、両親にマナーはちゃんと教えて貰《もら》った。

極端に裕福な家庭ではなかったが、両親の仲が悪化する前は、年に一度くらいは家族でフレンチを食べに行ったりする程度の余裕はあったし、直央もちょっと緊張するが特別感のある、そういう食事が好きだった。

両親に感謝しなくちゃと思いつつ……高見原の視線を感じ、急に「もう満腹」という気分になってくる。

「ごちそうさまでした」

ナイフとフォークを置いて手を合わせて頭を下げると、高見原は頷いた。

「じゃあ……そろそろ休むといい。今日はいろいろ大変だったから疲れただろう」

そう言って立ち上がり、寝室のほうに向かう。

にわかに直央の心臓が高鳴り始めた。

休む。寝る。同じ寝室で。一緒に。

いやいやいや、このスイートにはワイドダブルのベッドが二台あり、高見原はその片方を使っているのだから、どう考えてももう片方を使わせてくれるということだろう。

いくら自分と高見原が「付き合い始めた」からといって、今夜いきなりそういうことにはならないだろう、と思いつつ……直央の胸はどきどきと音を立て始める。

しかし高見原は、自分が使っている手前のベッドから毛布と枕を取り上げて小脇に抱えると、

「私は向こうのソファで寝るから、好きに寛ぎなさい。バスルームを使うときは部屋のそっち側を通らなくてはいけないが、なるべく音は立てないようにするから」

そう言って直央の脇を通り、リビングに戻ろうとする。

「え⁉」

直央は思わず声をあげ、とっさに高見原の袖を摑んでいた。

「……え？」

高見原は戸惑ったように足を止め、直央を見る。

「え、あ」

直央は自分の行動に驚きつつ、何か言わなくてはと頭をフル回転させた。

つまり。ええと。

「たかみ……佳道、さんの寝室なんですし……ベッドもふたつあるし……」

本来の正当な主である高見原を寝室から追い出すような真似《まね》はしたくない。

「……それは、そうだが」

高見原は咳払いした。

「きみはその……本当に無防備だな」

じっと、直央《なお》を見つめる。

「無防備で……そして私の理性を試練にかける。私は、生まれてはじめて私のような男を受け入れてくれたきみが隣にいて、自分を抑えられる自信はないと言っているんだよ」

それはつまり……高見原《たかみはら》には「その気」はあるが、我慢しようとしている、ということだ。

その不思議な色の瞳には熱が籠もっているのに。

その唇はぞくぞくするほど艶っぽいのに。

「抑えなくても……」

直央は高見原の唇を見つめながら、そう言っていた。

「……いいんじゃないかと……思うんですけど……その……俺たち、その」

付き合うことになったんでしょ、という言葉が出てこない。

その代わりにじわりと耳が熱くなる。

「……直央、くん」

高見原がごくりと唾を飲み込んだ。

「きみは」

その声がわずかに上擦っているのがわかって、直央は急に恥ずかしくなった。今のはまるで、自分から誘ってるみたいな……いや、みたいじゃない、まさに自分から誘っている。

なんの経験もないのに。

性体験どころか恋愛の経験すらないのに、どうしてこんな。

そう、きっと、高見原の唇がこんなに艶っぽいのがいけないんだ……！

そう思った瞬間、高見原が抱えていた枕と毛布をばさりと床に放り出し、そして直央の肩を引き寄せると、強く唇を重ねた。

「んっ……っ」

先ほどのキスとは違う、強く荒っぽく、それでいて優しく甘い、情熱的なキス。

熱い唇が、直央の唇を食《は》む。

直央の上体は身長差で上向きにのけぞり、直央は彼の二の腕のあたりにしがみついた。

高見原の唇がさらに強く押し付けられ、背後に倒れそう、と思った瞬間、彼の腕が直央の腰の後ろに回って……

気がつくと直央はベッドの上に仰向《あおむ》けに倒れ、その上に高見原がのしかかっていた。

唇は重ねたまま。

直央の唇の隙間から忍び込む、熱い肉の感触……高見原の、舌。

深いキスってこういうものなんだ……と頭の隅で思いながら、直央は自分でも理解できない衝動にかられて、その舌に自分の舌で触れてみる。

ぬる、と絡み合う舌の感触がいやらしくて、甘い。

誰かとこんなふうに触れ合うことが、こんなに恥ずかしくてこんなに嬉《うれ》しいなんて。

そう思ったとき、腰の奥がずくりと疼《うず》いた。

どうしよう。

もっと触れたい……高見原の体温をもっと知りたい。

こんな気持ちになるのははじめてだ。

直央は高見原の二の腕あたりを摑《つか》んでいた手を、高見原の首に回した。

意図したわけではないのに、まるで高見原を強く抱き寄せるような格好になる。

その間にも高見原の舌は直央の口腔《こうくう》内をまさぐり、優しく歯列を撫《な》で、尖《とが》らせた舌先で上顎を擦《こす》られると、全身がじりじりと熱くなってくる。

高見原の腕が直央の腰を抱え直し、互いの股間がごり、と触れ合った。

「んっ……っ」

高見原の……固くなったものが、同じように熱を持っている直央のものに触れている。

布越しにもはっきりと、その熱さがわかる。

このまま……どうなるんだろう、どうなってもいい……！

霞《かすみ》がかかったような頭でそう考えたとき。

突然高見原が、唇を離した。

同時に、腰に回っていた腕も抜かれ、身体《からだ》も離れる。

驚いて直央が目を開けると、高見原は慌てたように身体を起こして立ち上がり……頭を抱えてベッドの端にどさりと座った。

「あ、あの……」

「すまない」

高見原は直央に背を向けているが、その耳が赤くなっているのがわかる。

「こんなつもりではなかったんだ、申し訳ない」

どうして謝るのだろう……と混乱していると、高見原は大きく一度息をしてから、振り向いて直央を見た。

その目の縁には明らかな欲情の余韻が残り、濡《ぬ》れた唇がまた、おそろしく艶っぽさを増しているのだが、瞳には戸惑いがある。

「こんなふうに急ぐつもりはなかったんだ。きみが私を受けれてくれただけでも、私には奇跡だというのに……みっともなくがっついてしまった」

高見原はそう言って立ち上がると、ベッドからかろうじて上体を起こした直央の片手をそっと取り、甲に唇を当てた。

恭しく、優しく、だが唇を重ねたときよりは距離感がある。

「いろいろあって疲れただろう。ゆっくり休みなさい」

高見原はそう言って、先ほど放り出した毛布と枕を拾い上げ、そのまま寝室を出て行く。

直央は呆然《ぼうぜん》とその後ろ姿を見送り……リビングに通じる扉がぱたんと閉まったところで、はっと我に返った。

今のは……今、自分たちは抱き合いかけて……直央自身も完全にその気で、しかし高見原のほうが正気に返って自分にストップをかけた……ということだろうか？

「うわああ」

直央は急激に恥ずかしくなってきて、ベッドに突っ伏した。

ということは彼よりも自分のほうが、乗り気だったということだ。

こんなことは生まれてはじめてだが、自分が彼に欲情していたのだということははっきりとわかる。

だが直央には、それが不思議でもある。

（そもそも……俺に性欲なんてあったっけ……？）

性欲が旺盛という自覚は全くない。男だから朝起きて下着を汚していることはあるが、見ている夢はなんだかもやもやした曖昧なものだし、自分で処理することがあってもそれはあくまでも「処理」で、物理的な刺激だけで出すという淡々としたものだ。

それなのに高見原に対し、自分ははっきりと欲情していた。

あの人の唇が……妙に艶っぽいから。

こっちの世界の直央は、直央が美形で、なおかつ男を引き寄せるフェロモンのようなものを出しているらしいと言っていた。

もしかして高見原もそういうフェロモンを出しているのだろうか。

だがこっちの世界では、高見原が男や女をむやみに惹《ひ》きつけている様子はない。

直央限定――直央だけが、彼を色っぽいと感じ、欲情する。

つまり、これが「恋」というものなのだろうか？

恋……恋愛。

それも直央にとっては無縁の言葉だ。

地味で印象が薄くて、恋愛などしようにもまず誰かに個別認識してもらうことが大変だったし、自分から誰かを好きになるという、片思いめいたものすら経験がない。

だから自分の恋愛対象が男なのか女なのかということすら考えたことがなかった。

それを考えれば、恋愛感情以前に、高見原という一人の人間にこんなに惹かれることが驚きなのだ。

だが高見原はこんな自分をどうして好きになってくれたのだろう。

顔が……顔が、この世界では超絶美形だから……？

それとも直央のフェロモンとやらが高見原にも機能したから？

それでもいい、彼が直央の顔を好きだというのなら、この世界で、この顔で存在していてよかった、と思えるし、フェロモンとやらにも感謝したくなる。

できれば高見原限定で機能してほしいけれど。

それにしても今のあれこれ。

高見原の唇とか体温とか……布越しに感じた昂《たかぶ》りとか。

思い出すと、また股間に熱が溜《た》まる。

（だめだ、これ）

なんとかしなくちゃおさまらない、と直央の手は股間に伸びた。

寝間着の裾をめくり、真新しい下着の中に手を潜り込ませて触れると、たちまちそこは固さを増した。

隣のリビングは静まり返っている。

足音が聞こえたらすぐやめなくちゃ。

そう思いながら直央の手は自分のものを扱きはじめ——

高見原とのキスを思い出しながら、あっという間に上り詰めてしまう。

だが……何か物足りない。

（こうじゃなくて）

高見原をじかに感じたい。

自分がこんなことを考えていることが驚きでもあり恥ずかしくもあり、直央はパウダールームに駆け込んで手を洗ってから早足でベッドに戻り、布団を頭からかぶる。

だが、身体の奥に溜まった熱はどうしようもなく、悶々《もんもん》としながら夜を過ごした。


それでもいつの間にか、眠りについていたのだろう。

目を開けた直央は、一瞬自分がどこにいるのかわからなかったが、すぐに昨日のことを思い出した。

今、何時だろう。

部屋を見回してベッドサイドの時計を見ると、もう九時近い。

出勤時間だ!

がばっと起き上がった瞬間、直央は何が自分を起こしたのかに気付いた。

隣のリビングで話し声がする。

高見原が電話で誰かと話しているのかと思ったが……

「それで、友部《ともべ》は?」

自分の名前が聞こえ、その声の主が宿泊部主任の飯田《いいだ》だとわかってぎょっとした。

慌てて着替えを探すが、目につくところにはない。

洗面所かもしれない、とベッドから飛び降り、パウダールームに通じる扉を開けた音が聞こえたのだろう。

「起きたようだ」

高見原の声が聞こえ、そしてリビングに通じる扉が開いた。

きちんと三つ揃《ぞろ》いのスーツを着込み、サングラスをかけている高見原の姿と、ロングシャツタイプの、ホテルの寝間着を着たままの自分の姿のギャップが情けない。

「あの、俺の着替え……俺、出勤しないと」

ここから裏動線に直接入ってロッカールームに行ってもいいのだろうか、それとも一度正面から出て通用口から入り直したほうがいいのだろうか、と考えていると。

「急ぐ必要はない。まず飯田さんと話そう」

高見原が直央を落ち着かせようとしている穏やかな口調で言った。

「あのでも、じゃあ、着替えないと……」

「きみが昨日着ていたものは、ランドリールームに出した。間もなく星《ほし》が何か着替えを持ってきてくれるはずだから、かわいそうだがそれまでそのままで」

そう言って、高見原が扉を大きく開ける。

リビングには、スーツ型の制服を着た飯田が立っていた。

きちんと撫でつけた髪、胸にある小さな名札のプレート、ぴしっと背筋の伸びた姿勢まで合わせて、いつもの「理想のホテルマン」という姿だ。

ばつが悪いが仕方ない、と直央は覚悟を決めてリビングに入った。

「おはよう」

飯田は表情の読めない真面目《まじめ》な顔でそう言い、

「おはようございます……」

直央は小さくなって挨拶《あいさつ》を返す。

「すみません、その……今日は遅刻……で……」

すぐにでも仕事の体勢に入りたいのだが、と思いながら直央が言うと、

「その必要はない」

飯田は首を振った。

「まず、確認させてもらうよ。昨日は休日で、買い物時にストーカーに追われて、高見原さまに助けを求め、ここに泊めてもらった。そういうことだね?」

飯田の声に厳しさを感じ、直央はなんとなくいやな予感がした。

「はい……」

俯《うつむ》いて答える。

「それはつまり、きみが高見原さまの連絡先を知っていた、ということだ。お客さまと個人

的に連絡先を交換することは禁じられているのはもちろん知っているね？」

直央はぎくりとした。

そう……確か、そうだ。これまでそんな事態が生じる可能性などゼロに等しかったから、そんな注意事項は頭から吹っ飛んでいた。

「待ってくれ、私が一方的に渡したんだ」

高見原が強い口調で言ったが、飯田は首を振った。

「申し訳ありません、今は規則の話をしております。もし強引に連絡先を渡されるようなことがあっても、連絡する必要がなければ破棄すればいい。きみはそれをせず、高見原さまに連絡をして頼った、ということだね？」

「はい、そうです」

これは自分の落ち度、それは確かだ、と思いながら直央は頷《うなず》いた。

「申し訳ありませんでした」

飯田は、ふう、と息をついた。

「昨夜きみが、高見原さまと一緒に正面から入ってきてこの部屋に泊まったことは、ロビーにいた従業員が見ていたから、もうみなが知っている。これがどういう印象を与えるかわかるか？　完全な公私混同だ」

「待ちなさい」

高見原が強い口調で再び言った。

「緊急避難だったのだ」

「ですが」

飯田は難しい顔で続ける。

「友部に関しては、これまでも問題がありました。先日襲われかけた件もですが……お客さまに強引に連絡先を渡されたり、部屋の専属にしてほしいと無茶な指名を受けたり、個人情報を教えてくれとしつこくフロントに詰め寄られたり」

そんなこともあったのだ、と直央は驚いた。

こちらの世界の直央の苦労を、自分はまだ一部分しか知らなかったのだ。

「それは彼のせいではないだろう」

高見原が言うが、飯田は首を振る。

「そうだとしても、問題が多いことは確かなのです。彼が真面目で、いい仕事をすることは私も知っています。だがそれにしても他の従業員が彼のために対応を迫られることも多々あり……そして今回のこと、これは支配人の耳にも入っています」

直央はぎょっとした。

支配人は、直央のようなアルバイトからすると雲の上の存在であり、絶対権力者とも思える人だ。

五十前後の、どちらかというと頭が固く、そして厳しい人。

「それで」

飯田は唇を噛《か》み、それから思い切ったように言った。

「支配人は、これ以上きみにここで働いてもらうのは難しいのではないか、というお考えのようだ」

それは。

直央は呆然とした。

飯田は表現をぼかしているが……

支配人はきっと、そんな面倒なアルバイトは首にしてしまえ、とでも言ったのだ。

「それはおかしい」

高見原が飯田に食ってかかった。

「それは不当解雇というものだ。支配人と直接話をさせてくれ！」

「申し訳ありませんが」

飯田は繰り返す。

「これは、ホテル内部の問題です。友部が不当解雇をどこかに訴え出るというのでしたらそれは彼の権利ですが……支配人としては、彼はどの部署に置いても扱いにくいという考えなのです」

そう言ってから、飯田は直央を見て付け加える。

「私自身は、きみの仕事ぶりは評価しているし、きみに起きるいろいろなことはきみ自身のせいではないとわかっているが……それでも支配人のおっしゃることも、わかる」

「……はい」

直央は頷いた。

飯田の言うことはもっともだ。

ホテルとしても、こんなトラブルメーカーを抱えているのは迷惑なのだ。

それでもこっちの世界の直央は、なんとか頑張って働いていたのだろうが……入れ替わってからの直央は、ベルボーイ仲間の反感を買ったり、お客に襲われるような隙を作ったり、高見原とのことに浮かれてみたり……考えてみるとひどすぎる。

飯田はあっちの世界でもこっちの世界でも、公平な目できちんと直央を評価してくれる人だが、それでももう、庇《かば》いきれないのだ。

板挟みになっている飯田をこれ以上困らせたくない。

これは本当に……仕方のないことなのだ。

「わかりました」

直央は飯田に向かい、言った。

「直央くん」

高見原が直央を見る。

「きみはそれでいいのか？　きみが不当解雇に対して何かするのなら、私が手を貸す」

その、毅然《きぜん》とした高見原の態度は、やはりとても格好いい、と直央は思った。

この人なら、法律的な知識や弁護士などの人脈もあるのだろうし、今も正義感で言ってくれているのだとわかる。

だが……自分は所詮アルバイトなのだし、そうやって戦ってこのホテルに残ったとしても、今後の居心地は決してよくないはずだ。

こちらの世界の直央には申し訳ないが、お互いに今いる世界でなんとか生きていかなくてはいけないのだし……ベルボーイからスイート担当に変わったときのことを考えると、両方の世界が自然とつじつまが合っていくものなら、あちらはあちらでなんとかなるだろう、と思うしかない。

「いいえ……お言葉は嬉しいです……でも」

直央は決心して、言った。

「本当に……俺が迷惑をかけてばかりなので……」

飯田に向かって、ぺこりと頭を下げる。

「お世話になりました……それと、いろいろご迷惑をおかけしました」

「うん、私も残念だ」

飯田が心からそう言ってくれているのは、直央にもわかった。

「もう仕事には戻らなくてていいが、バイト代も今日まで、とは考えていない。次の仕事がみつかるまで困らないよう、少し色をつけることも考えているから」

この人は、本当にいい上司だった、と思いながら直央は深々と頭を下げた。

「はい、ありがとうございます。本当にお世話になりました」

「……それでは、そういうことで」

飯田は高見原を見た。

「高見原さまにもご迷惑をおかけいたしました」

「いや、それは」

高見原は何か言いかけたのを止め、首を振った。

「そういうことなら……とりあえず、朝食を二人分頼んでもいいか」

「承知いたしました」

飯田は頭を下げ、部屋を出て行く。

その姿を見送って、直央はへなへなと床に崩れそうになったが、高見原の腕が直央を支え、傍らのソファに座らせてくれた。

「大丈夫か」

直央の前に膝をついて、サングラスを取って気遣わしげに直央を見つめる。

「はい……あの、大丈夫です……ありがとうございます」

そう言いながらも、直央は途方に暮れていた。

いきなり無職になってしまった。

これからどうしよう。

すると、高見原が尋ねた。

「ここは社員ではなくアルバイトなんだね？　次の仕事もホテル関係がいいのか？　もしそうなら私に考えがないでもないが」

何か伝手でもあって、助けてくれるということだろうか。

しかし直央は少し考え……首を横に振った。

「どうしてもホテル関係、というわけじゃないんです」

「そういえば、就職に失敗してアルバイトをしていると言っていたね」

高見原は、最初に会話を交わしたときのことを思い出したらしくちょっと考え、そして尋ねた。

「就職がうまくいかなかった理由は？」

敗因はたぶん、面接での印象の薄さ……とは思うが、こっちの世界の直央は「顔が目立ちすぎて使いにくい」と言われた、と言っていたように思う。

どちらにしても……

「顔、というか……印象が」

曖昧にそう言うと、高見原は唇を噛んだ。

「私はこの顔でいろいろいやな目にも遭ったが、きみはきみで、正反対の意味でやはり苦労しているのだな」

高見原がいやな目に……？

こちらの世界では人前に顔をさらしたくないほど不細工、ということになっているが……自分で会社を築いてホテルに長期滞在できるほどの資産も築いているくらい能力のある人でも、そんなに顔で苦労するものなのか。

どんな目に遭ったのだろう、と思ったが、高見原が次の問いを発した。

「それで、もともとの志望はどんな職種なんだ？」

直央が答えようとしたとき、チャイムの音がした。

高見原がさっとサングラスをかけて立ち上がる。

扉が開き「朝食をお持ちいたしました」と、客室係が入ってくる。

普段はスイート以外のフロアを担当している同僚――もと同僚――だ。

直央が抜けたので急遽《きゅうきょ》シフトの組み直しをしたのだろう。

寝間着姿の直央を興味津々で横目で見ているのがどうにもいたたまれなくて、直央はソファに座ったまま俯いているしかない。

しかし高見原と向かい合ってボリュームたっぷりのおいしい朝食を摂《と》っていると、次第に気持ちが明るくなってくる。

なんとかなる。

別に人生が終わったわけじゃないし、もう一度、本来やりたかった仕事に挑戦してみるのもありだ。

何しろ今の自分は「印象が薄い」わけではないので、違うアプローチの仕方もあるかもしれない。

そんなことを考えていると再びチャイムが鳴り、続いて三度ノックの音がした。

すぐに高見原が立ち上がって扉を開けると、今度入ってきたのは、紙袋をいくつか提げた秘書の星だった。

「おはようございます、社長。そして……友部、さん」

わずかに躊躇《ためら》ってから直央にも挨拶したが、その口調や視線がなんとなく……うさんくさげな、冷たいものに感じる。

それはそうだろう……客室係が寝間着姿で、社長と一緒に朝食を摂っているのだから。

「おはようございます……」

小さくなって答えた直央には構わず、星はローテーブルに、紙袋の中身を出して並べていく。

シャツ。ズボンにジャケット、下着に靴下まで。

おしゃれなカジュアルという感じだが、紙袋はすべて有名ブランドのものだ。

「靴はサイズと足型がわからなかったので、ご用意できませんでしたが」

これは……まさか。

高見原がそれを眺め、直央を見た。

「向こうで着替えてみてくれるか？　サイズが合わないものがあれば違うものを用意させるから」

やはり、直央の着替えなのだ。

昨日着ていたものは、高見原がランドリールームに出したと言っていたが……そもそも近所のスーパーに行くための、部屋着に毛が生えたようなものだ。

「いえ、そんな……自分の服が戻るのを待ちます……っ」

慌てて直央は首を振ったが、

「もう買ってしまったものだから、無駄にさせないでくれ」

高見原は微笑んでそう言い、寝室に通じる扉を開け、衣類を抱えて持っていく。

「さあ」

そう促され、直央はおずおずと椅子から立ち上がり、無表情で紙袋を片付けている星をちらりと見てから、寝室に向かった。

いつまでも寝間着でいるわけにはいかないのだから……着替えられるのはありがたいのは確かだ。

高見原が頷き、直央を寝室に入れ、外から扉を閉める。

直央が触ったこともないような有名ブランド品は、生地の手触りもよく、縫製もしっかりしていて、高級品というのはこういうものか、と思わせた。

高見原が注文を出したのか星が適当に選んだのかわからないが、淡いピンクに白いストライプが入った、襟に少し遊びのデザインがあるシャツに、タックの入ったグレーのズボン、薄手の紺ニットのジャケットなど、なんというか「お金持ちのお坊ちゃんの街着」というイメージだ。

靴下までグレーとピンクでそこまでコーディネートの一部分となっていて、その靴下を穿《は》いた足を、自分のそれこそ「近所用」の古ぼけたスニーカーに突っ込むのが申し訳ないほどだ。

なんとか着終わって、そろそろと、扉を開けてリビングに戻ると……

高見原と星がさっとこちらに顔を向け、高見原が口を小さく「おお」というかたちにしたのがわかった。

「これは……すごいな」

どうすごいのか直央にはわからない。

何しろ全身を確認する鏡がないので、似合っているのかいないのかも謎だ。

「こういう、いい服って……着慣れなくて……すみません」

直央はどぎまぎして袖やら裾やらを引っ張った。

「いや、似合いすぎる……たぶんきみなら何を着ても似合うし目立つのだろう」

高見原は首を振ってそう言い、

「控え目なものを選んだつもりでしたが」

星が言い訳するように言った。

「まあ、この格好で一人にするわけではないから」

高見原は座っていた椅子から立ち上がった。

「会議は午後一だったな？　では私は彼を麻布に連れて行って戻ってくるから、社に戻って待っていてくれ。車のキーを」

てきぱきと星に指示し、星がキーを高見原に渡す。

「車はいつもの場所です」

「わかった。では直央くん、行くよ」

高見原はそう言ってサングラスをかけた。

行くって、どこへ？

あたふたしている直央に近寄り、高見原は直央の背中にその大きな手をそっと当てて扉のほうに促す。

「あ、あの」

「きみを安全なところに連れていく」

安全なところ。どこだろう。

エレベーターでロビー階に降りると、ちょうどチェックアウトの時間帯で、フロント前は混み合っていた。

高見原と直央がロビーを突っ切っていくと、さっと人々の視線が集まる。

さざなみのようなざわめき。

直央は俯いた。

昨夜自分のマンションを出るときにサングラスを持ってこなかったし、着慣れない高級ブランドを着ているから、自分がどう見えているのか見当もつかない。

だが、若い女性の声がちらりと耳に入った。

「誰？　芸能人とマネージャー？」

そういうふうに見えるのか、と直央は赤くなった。

高見原が直央の脇を、庇うように歩いてくれているので余計そう見えるのかもしれない。

向こうの世界でなら、高見原が大物俳優か何かで直央が付き人、という感じに見られたかもしれないが……自分が「美形」として見られるのにはやはり慣れない。

急ぎ足で正面玄関を出ると、目の前のスイート滞在客専用の駐車場に、車があった。

黒光りする、国産の高級車だ。

助手席に直央を乗せて、高見原がハンドルを握った。

ホテル前の右折など、運転する人が気を遣いそうなところを抜けて広い通りに出てから、信号待ちの停車で直央はようやく尋ねた。

「どこへ……？」

「私の家だ」

高見原は簡潔に答え、その瞬間信号が変わって車が動き出し、直央はさらに尋ねるタイミングを失った。

さきほど星に「麻布」と言っていた。

都内に自宅があるらしいとホテル内の噂《うわさ》で知ってはいたが、麻布に、そんな都心の便利な高級住宅街にあるのだろうか？

だとしたらどうしてホテルに長期滞在しているのだろう？

直央が頭の中に疑問を溜め込んでいる間に、車は都心を走り、二十分ほどで街路樹の緑が豊かな通り沿いの、低層マンションに着いた。

地下の駐車場に車を入れると、高見原がカードキーを出して鉄扉を開けた。

するとそこは、エントランスのガラス扉の内側だった。

カードキーを持っている住人だけが、管理人室の前を通らず、駐車場から直接中に入ってこられるのだろう。

大理石のように見える床とか、木目調のデザインが入っている壁とか、エントランスの大きな花瓶とか、とにかくかなりの「高級マンション」に見える。

エレベーターで最上階に上がると、そこに玄関らしきものが両端にふたつあり、その片方を、高見原がスマホを操作して開けた。

「さあ、どうぞ」

そう言って開けてくれた玄関を入ると——

そこはモノトーンと木目を基調とした、広くシンプルな玄関だった。

「スリッパなどはないのだが」

扉を閉めた高見原がそう言いながら靴を脱ぎ、直央も「おじゃまします……」と続いて、廊下を進む。

突き当たりの扉の向こうに、薄暗く広い空間が広がっていた。

三十畳はあろうかと思われるリビングだ。

ホテルのロビーに置かれていても不思議ではないような革張りのソファとローテーブルが見える。

奥の壁が厚地のカーテンに覆われていたが、高見原がローテーブルに置かれていたリモコンを操作するとそのカーテンがしずしずと開き、室内に光が溢《あふ》れた。

白いカーテン越しに公園らしき緑が眼下に広がり、その向こうにビル群が見える。

明るいところで改めて室内を見回すと、ソファから少し離れてどっしりとした六人掛けのダイニングテーブル、そして大理石トップのアイランドキッチンがある。

玄関と同じくモノトーンと木目が基調の、シンプルですっきりとした、まるでモデルルームのような雰囲気。

そう……モデルルーム。

ここには生活感がない、と直央は気付いた。

どうしてそう感じるのか……誰かの「好み」を感じさせる部分がないからだろうか。

ちょっとした飾り物とか、雑貨のようなものが何一つない。

「ここは……？　たか……佳道《よしみち》さんの、家なんですか？」

直央が尋ねると、高見原はリモコンをテーブルに置き、頷いた。

「一応、な」

こんなに便利な場所にこんな快適そうな住まいがあるのに、どうしてホテル暮らしをしているのだろう、と直央が思っていると……

「おいで」

高見原はソファに座り、直央のほうに手を伸ばした。

直央の手を引っ張るようにして隣に座らせる。

「ばかばかしいだろう？　ここを買ったときには、快適に暮らせるだろうと思ったんだ。セキュリティもしっかりしているし、立地もいいし、騒音もないし、買い物などの環境もまあまあだし、一人暮らしには最適だ、と」

直央もそう思う。

だが高見原は苦笑した。

「しかし……数日いただけで、たまらなくなった。自分の孤独さかげんにね。その前に住んでいたところは繁華街に近くてそこそこ騒音もあったんだが、ここは静かすぎて、自分が一人だということを意識しすぎてしまう。それで、必要以上に踏み込まれることのない、だが自分が完全に一人だと感じることもない、適度な距離感や空気感があるところを探したら、ホテル暮らしでいいのだと気付いた」

淡々とした、しかし苦いものを秘めた声音に、直央の胸がずきりと痛んだ。

孤独。

この人は孤独なのだ……家族は？　友人は？　心を許せる人はいないのだろうか？

直央の疑問を読み取ったかのように、高見原は頷く。

「両親と兄がいるが……疎遠だ。特に母は、私がこんな顔をしているものだから、子どもの頃から私を疎ましく思っている。母自身は美しい人だからね」

こんな顔……直央には超イケメンと思えるが、こちらの世界では醜いとされる顔。

そんなことで、母親が子どもを疎んじるものなのだろうか。

「父も、私を息子として誰かに紹介したがらなかったし、兄も学校などで私が弟だと知られることをとてもいやがったから、兄とは違う学校に通わされた」

「そんな……」

直央はそれ以外に言葉が出てこない。

高見原はどこか自虐的な口調で続ける。

「学校でも、最初はいじめられ……それでも学業や運動の成績がいいものだから、今度は陰口や嫌みに悩まされたし、孤立させられた。友人らしきものはとうとうできなかった……まあそれは、私にも下手《へた》なプライドがあって、顔だけで人をばかにするような相手とは妥協などするものかと思って突っ張っていたせいもあるしね……せめてもう少し性格にかわいげがあれば違ったのかもしれないが、媚《こ》びたり妥協したりはしたくなかった」

「それは当然のことです！」

直央は思わずそう言って、高見原の手に自分の手を重ねた。

大きな、指が長く節がしっかりとした、男らしい、そして温かい手。

「自分を曲げてまで……無理矢理相手に合わせたって、それでできる友達なんて、本当の友達じゃないと……思います」

言いながら、偉そうなことを言ってしまっただろうか、と思う。

直央自身は、いじめられたことはない。

だが、あまりに存在感が薄いゆえに、相手が故意ではないにしても「無視されている」と感じることは多々あった。

だから、孤独の辛《つら》さはわかる。

この人だって、好きで孤独なわけじゃない。

だから……顔見知りの人間と節度ある距離感を保ちつつ、何かあれば「誰か」に頼んだりすることもできるホテル暮らしをしている、その気持ちはわかると思う。

「直央」

高見原が身体を少し横向きにして、直央の顔を見つめた。

「これが、私だ。親しい友人も、恋人も、いたことのないつまらない男だ。会社を興して少し世間の話題になったものの、顔出しでインタビューなどを受けるのがいやで、謎めかした覆面社長というイメージを作っている……そんな男だ」

それでも、それだけの能力があるからやっていけるのだ。

それは素晴らしいことだ、と直央は思う。

すると高見原は切なげに目を細めた。

「だから私は、きみが私を受け入れてくれたことがまだ信じきれずにいるんだ……本当にこんな私でいいのか？　きみは私のどこがいいと思ってくれているんだ？」

ああ……高見原は自分に自信がないのだ、と直央はふいに理解した。

事業は成功していて、財力もあって。

それなのにこの世界では「不細工」扱いである、ということだけで、この人は自分に自信がないのだ。

普段はそれを全く表に表さず、自信に満ちた実業家という様子を見せているが、根本のところで自信がなく、そして寂しいのだ。

自分は、この人がこんなに好きなのに。

好き……どこが？　そう、たとえば。

「俺は……あなたの、その目の色が好きなんです」

言ってしまってから、ちょっと待て、他にもっと違う部分があるだろうと思ったが、出てしまった言葉は止められない。

「目の色？」

高見原が驚いたように眉を上げる。

その瞳を見つめていると、吸い込まそうになる。

「不思議な色……グレーと茶色が混ざったみたいな。近くで見ると吸い込まれそうな……不思議で、きれいな目の色……夜の湖みたいな」

「そう……なのか」

もしかして自分では知らないのだろうか。

少し離れると、ちょっとだけ瞳の色が薄い、という程度にしか見えないから。

そしてそれくらいの特徴でも、何しろ「特徴がある」ということそのものが、「美しくない」という価値観のようだから。

鏡を嫌う彼は、近くで自分の瞳をよく見たことすらないのかもしれない。

「きみのその言葉が、どれだけ嬉しいかわかるか」

高見原が、直央の手を取って自分の頬《ほお》に当てる。

「きみが……こんなに醜い私の顔なのに、好きな部分があると言ってくれる、それがどれだけ私にとってありがたい言葉なのか」

本当は、もっと言いたい。

男らしい直線的な眉とか、きりっとした目尻の感じとか、すっと通った鼻筋とか、わずかに左右非対称な輪郭とか、すべてが直央にとっては男らしく美しく思えるのだと。

だがこの世界しか知らない高見原にそんなことを言っても、却《かえ》って嘘《うそ》くさく聞こえるような気がして、言えない。

「じゃあ、私も言っていいか？」

高見原が低く囁《ささや》いた。

「私は、きみのその……偽りの感情がまるでない、真っ直《す》ぐな視線が好きなんだ。サングラスを取った私の顔を見ても、軽蔑や嘲笑がまるでない視線で、私の顔立ちではなく、私の瞳の奥にある私自身を受け入れてくれる、きみのその視線が」

偽りがないと言われると、直央は少しばかり後ろめたい。

美醜の感覚がまるで違う世界から来たのだから、軽蔑や嘲笑なんてないのは当然だ。

でもつまり高見原は、直央の顔立ちそのものではなく、視線が……その内側にあるものが好きだと言ってくれている。

美形だから好きなのではなく、美形にもかかわらず好き、と言われているような気がして……それが向こうの世界での自分も一緒に認めてもらえたような気がする。

「私にはきみが必要だ」

高見原は、直央の大好きな低く胸に響く声で、真剣に、言った。

嬉しい。

誰にも「求められた」「選ばれた」ことのない直央を……彼は必要としてくれている。

それがこんなにも嬉しい。

あなたのその声もとても好きなのだと言いたいが……今はそんな言葉すらも余計な気がして、ただ視線を合わせていたい。

やがてゆっくりと高見原の顔が近付き、そして唇が重なった。

重ね、軽く押し付けるだけの、温かく優しいキス。

そして唇を離すと、高見原は名残《なごり》惜しげにちらりと腕時計を見た。

「仕事があるのが恨めしいな」

直央ははっとした。

そうだ、高見原には高見原の予定があるはずだ。

「仕事に行ってください！」

そう言ってから、ちょっと迷う。

「それで俺は……今日はここにいれば……？」

「今日だけでなく、しばらくここにいてほしい」

高見原は立ち上がりながらそう言い、

「閉じ込めるわけではないよ」

慌てたように言葉を続ける。

「だがとにかく今は、一人では自分の家に帰ったりしないでくれ。ここは安全だ。あとで星に、合鍵と、着替えをもう少しと、食料を持ってこさせる。ここにあるものはなんでも好きに使ってくれていい。他に必要なものがあったら彼に言いなさい」

ここで……少なくとも何日か暮らせ、ということだろうか？

衣食住、すべてを頼って？

いくらなんでも、と直央は慌てた。

「そこまでしていただかなくても……そんなの申し訳なさ過ぎです……！」

「私が、そうしたいんだよ。だからさせてくれ」

高見原はきっぱりと言った。

「でも、俺には……お返しできるものもないのに……」

直央が思わずそう言うと、高見原は微笑《ほほえ》んだ。

「いずれ私も、事業に失敗したり、身体を壊したりするかもしれない。そういうときに、きみが私を助けられる状況だったら助けてくれればいい。今困っているのはきみで、私は君を助けられるから助ける。それではいけないか？」

なんだか、高見原との関係がこの先長く続いてく、ということを当然の前提としているような言葉で、直央にはなんだかくすぐったい。

高見原にそんなときが来るとは思えないが……その言葉は嬉しいし、彼に対して自分ができることがあったら、すればいいということだろうか。

「わかりました、ありがとうございます」

直央が頭を下げると、高見原はちょっと躊躇ってから言った。

「礼は、そういう他人行儀なのじゃなくて……いいんだが」

「え」

直央は一瞬戸惑ったが……高見原の目の中に、何か甘く優しい、からかいのようなものがあるのを見て、衝動的に身体が動いた。

つま先立ちになって、高見原の頬に軽く唇をつける。

やってしまってから、こういう意味ではなかったかもしれないと真っ赤になった直央の頬に、高見原がお返しのように唇をつける。

「嬉しいよ……では、行ってくる」

「行ってらっしゃい」

そんなやりとりさえ気恥ずかしく、しかし嬉しくて、直央は玄関を出て行く高見原を見送った。


それから数時間を、直央は落ち着かない気持ちで過ごした。

他人の家にたった一人で滞在するなどという経験がないので、「好きに使ってくれていい」と言われても自分の部屋にいるようにはできないのが当然だ。

一応家の中を見て回り、広いリビングの他にはキングサイズのベッドが置かれた寝室と、机やデスクトップのパソコンが置かれた書斎のような部屋があることがわかるが、どちらも最近使われた気配がない。

そして洗面所やバスルームもモノトーンのスタイリッシュなしつらえだが、やはり生活感はなく……もちろん、鏡もない。

リビングにいることにしたものの、着慣れない高級品を身につけているので皺《しわ》になるのが心配で、ソファであまり寛《くつろ》いだ格好はできない。

とりあえずスマホで、新しいアルバイト先の候補などを探してみる。

仕事だけでなく、セキュリティのしっかりしたところに引っ越しも考えなくてはいけないのかもしれないが……あそこが、向こうの直央との唯一の連絡先なのだとすれば、そうもいかない。

防犯対策をもっとしっかりすればいいのだろうか？

とりとめもなくそんなことを考えながら、思いついたことをあれこれ調べているといつの間にか時間は過ぎていって、やがて午後二時くらいにチャイムが鳴った。

飛び上がってインターホンに近付くと、モニターに映っていたのは星だった。

「星です。いろいろお持ちしました。鍵は持っていますので今から開けます」

合鍵で勝手にここに入ることができるのだろうが、直央が驚かないように予告してくれたのだろう、「はい」と答えるとすぐに玄関の鍵が外から開けられる。

星は山ほどの荷物を持っていたが、それを玄関の床に並べていく。

「着替え一式の追加です。この箱には、飲み物や間食になるようなものが入っています。そしてこれが、遅くなりましたが昼食です」

淡々と説明し、最後に小さな風呂敷包みのようなものを直接手渡す。

料亭の折り詰め弁当、という感じだ。

「ありがとうございます……」

直央は受け取りながら、なんだか申し訳なくて落ち着かない。

星は、高見原のこういう個人的な用事も引き受ける、信頼されている秘書なのだろうが、自分と高見原の関係まで知っているのだろうか。

「いろいろ、ご面倒をおかけしてすみません」

何をどう言っていいのかわからないままそう言うと、星はちらりと直央の顔を見た。

「いえ。これは社長の用事で、私にとっては仕事ですから」

別に直央のためではない、と言いたいのだろうか。

「それから、私が預かっているこのキーをお渡ししておきますが、一人で外出はしないようにと社長からの伝言です」

星はそう言って手にしていたカードキーを差し出し、直央が受け取ると、こちらが何か言う間もなく、さっと玄関の外に出てドアを閉めた。

「鍵は内側からどうぞ」

外から声が聞こえ、直央は慌てて三重になったロックをかける。

なんとなくだが……星は、直央のことをよく思っていないような気がする。

いや、それはそうだろう。社長が滞在しているホテルの部屋に泊まったあげく自宅まで提供された、ただの客室係の、着替えや食べ物の面倒を見る羽目になっているのだから。

直央が星の立場だったとしても「社長は何を考えているんだ」と思うだろう。

だが、あれこれ考えてもはじまらない。

直央は荷物をすべてリビングに運び、ソファの上で広げてみた。

衣類は、本当に「一式」入っていた。

下着、外出着、部屋着。

帽子やサングラスなど「変装道具」まで揃っている。

だがそれがすべて、品はいいが高級ブランドのものばかりなので、全部身につけると決まりすぎいて気恥ずかしく、似合わないだけではなく悪目立ちしそうな気もする。

歯ブラシや洗顔フォームなどが入った旅行用の洗面セット。

食料品の箱の中には、インスタントのコーヒーや紅茶、緑茶のティーバッグ、菓子類、そして電子レンジで温めるだけのパスタなど。

まさに至れり尽くせりだ。

これは高見原のチョイスなのか、星にすべて任せたのかわからないが、この部屋に何日閉じこもっても大丈夫だという気がする。

そして昼食の折り詰め。

それほど量は多くなく、手まりのようなおにぎりと数種類の料理が美しく詰め込まれた優美なものだ。

朝が遅く、ルームサービスの量もたっぷりだったので、今になってようやく空腹を覚えだしたくらいだから、ありがたい。

キッチンの電気ケトルで湯を沸かし、緑茶を淹《い》れ、「いただきます」と手を合わせて、直央は折り詰めをぺろりと平らげた。

落ち込むような何かがあっても食欲がなくならないことだけは自分の取り柄だと思う。

それからソフトデニムとパーカーの「部屋着」に着替え、ようやく直央は少し寛いだ気持ちになって、ソファにだらりと寄りかかり、またスマホでアルバイト情報などを見始め——


「ただいま」

ふいに間近で声がして、直央は飛び上がった。

目の前に、高見原がいる。

慌てて左右を見回すと、広い窓の外はもう日が暮れかかっている。

いつの間にかソファで眠り込んでいたのだ。

「うわ、ええと、あの、お帰りなさい……！」

「脅かしてしまった、すまない」

高見原はばつが悪そうに笑っている。

「何か不自由はなかったか？」

そう尋《き》きながら、リモコンを手にしてカーテンを閉める。

「いいえ。星さんがいろいろ持ってきてくれて助かりました」

「他に足りないものは？」

「何もありません」

「そうか」

高見原は頷き、手に持っていた紙袋をダイニングテーブルに置いた。

「一緒に夕飯を食べようと思ってね。少し早いかな？　私は八時にはここを出るから……」

「え!?」

高見原の言葉に、直央は思わず声を出した。

「え？」

高見原も驚いたように直央を見る。

「え……ええと……」

直央は、頭の中を整理しようとした。

「八時って……明日の朝の……?」

「いや、夜の」

高見原は戸惑ったように説明する。

「あまり遅くまでいると……きみだって、風呂に入ったりもしたいだろうし」

つまり高見原は、夕食後にここを出て、わざわざホテルに戻ると言っているのだ。

直央を一人置いて。

「どうして……ここはあなたの家なのに……」

「どうして、って」

高見原が息を呑《の》んだように見えた。

ゆっくりと近寄ってきて、直央の前に立ち、視線を合わせる。

「きみと二人きりでここにいたら……自分を抑える自信がないからだ」

どきん、と直央の心臓が跳ねた。

高見原の唇が、いっそう艶っぽく見える。

その唇の感触とか、自分の腕で感じた彼の体格とか、そんなもののイメージが全身を駆け巡る。

やはり……この人は変なフェロモンを出しているとしか思えない。

そしてどうやらこの人に対して、自分も。

だったら……

「抑えないで、いいのに」

声がかすかに上擦った。

高見原がごくりと唾を飲んだのがわかり——

「では、もう止められないからな」

宣言するようにそう言ったかと思うと、高見原は直央の膝裏を掬《すく》うようにして抱き上げ、そのまま大股で寝室へと向かった。


どさりとベッドの上に降ろされると、すぐに高見原が覆い被《かぶ》さってきた。

唇が重なる。

すぐに舌が入ってきて、直央はぞくぞくしながらそれを迎えた。

舌が絡み唾液が混じり合う、それが甘くて気持ちいい、などと想像したこともなかった。

高見原の手が服の上から直央の全身を少しばかり性急にまさぐる。

その性急さが、嬉しい。

パーカーの裾から大きな熱い掌《てのひら》が入ってきて、素肌を這《は》い上がる。

直央の肌を掌全体で味わうように撫で回す。

たちまち直央の体温が上がってきた。

舌を強く吸われて、耳の下あたりがつきんと痛むのすら、気持ちいい。

高見原の掌が乳首をかすめ、その瞬間びりびりとしたものが全身を駆け抜けた。

「んっ……っ」

重なったままの唇から、自分でも驚くような甘い声が洩《も》れる。

それに勇気づけられたかのように、高見原の手が乳首を弄《いじ》り始める。

二本の指で摘《つ》まみ、ちょっと引っ張られただけで、腰がずくりとする。

先端を指の腹で擦《こす》られたり、押し潰されたり、そんな動きがすべて、未知の熱を生み出して、その熱が腰の奥に溜まっていくようだ。

やがて高見原の手がもどかしげにパーカーをたくし上げた。

唇が直央の唇から離れ、「んぁっ」と濡れた声が洩れてしまう。

そのまま高見原は直央の胸に顔を伏せ、両方の乳首を交互に舌と唇で愛撫《あいぶ》し始めた。

「ぁ……あ、あっ……っ」

感じる……こんなところがこんなふうに感じるなんて知らなかった。

直央の上体が勝手にのけぞる。

乳首を舐《な》め含みながら、高見原の手がズボンのボタンを外し、ファスナーを押し下げる。

下着の上から高見原の手がそこに触れ、

「あっ」

直央は思わず声をあげた。

自分のそこがもう、熱を持って膨らんでいるのがわかる。

布越しにやわらかくそこを揉《も》み、それからすぐに高見原の手が下着のゴムをかいくぐって、直接そこに触れた。

「あ、あっ……やっ」

他人の手がそんなところに触れるのは生まれてはじめてのことで、反射的に直央の全身に力が入る。

と、高見原が直央の胸から顔を上げた。

「……いやだったら、やめる。今ならまだ」

そう言う声は熱を含んでわずかに掠《かす》れているし、その瞳にもどこか凶暴な熱が籠もっていて、それなのに「やめる」と言うのは彼の最後の理性だと直央は感じた。

だが、自分の「やっ」は、「いや」ではない。

それどころか……

「もっと……触って」

言ってしまってから、直央は真っ赤になった。

いったい自分は何を言っているのか、何が自分にこんな言葉を言わせているのか。

「もちろんだ」

高見原はにっと唇の端を上げると……

直央のパーカーの裾をさらに捲《まく》り、頭から抜いた。

上半身が高見原の前にさらされ、いったい自分の身体は彼の目にどう見えているのだろうと思っている間に、ズボンと下着も一緒に足から抜かれてしまう。

一糸まとわぬ裸身が、高見原の視線にさらされる。

彼の顔に、感嘆が浮かんだ。

「本当にきみは……何もかも完璧なんだな」

彼にはそう見えるのだろうか……？

何もかもが「ほどほど」の、特徴のない体格、そんな自分の身体が、高見原にとって魅力的なら、嬉しい。

「あなたのも……見たい」

直央がそう言うと、高見原はわずかに躊躇った。

「きみの目には……どう映るかな」

顔だけでなく、身体にもコンプレックスがあるのだろうか。

だがこの世界の感覚など、直央には関係ない。

ただただ直央は、自分と同じように高見原にもすべてを見せてほしい。

「見たい」

直央が重ねて言うと、高見原は一瞬唇を引き結び、そして着ているものを脱ぎ始めた。

三つ揃いの上着とベストをベッドの脇に投げ捨てる。

人差し指をかけてネクタイを緩め引き抜く仕草とか、片手で素早くシャツのボタンをはずしていくその指の長さとか、すべてが大人の男の色気を感じさせる。

ワイシャツを脱ぎ捨て、それからベルトを外してズボンの前を開け、ちらりと直央の顔を見てから、思い切ったように下着ごと脱ぎ捨てる。

「……どうかな」

全裸になった高見原は、そのズボンをベッドの下に放り投げながら、膝立ちになって直央を見つめた。

直央はごくりと唾を飲んだ。

なんて……美しくて、男らしい、逞《たくま》しい身体。

筋肉質で肩幅が広く胸板が厚い身体はスーツ姿からも想像はできたが、意図的に鍛えたというよりはもともとの体格だろうと想像できる自然な筋肉の流れや、象牙色の滑らかな肌は、ギリシャの彫刻のようだ。

この世界の人はこの身体にどういう難癖をつけるというのだろう。

そして、足の付け根の、濃いめの叢《くさむら》から堂々と勃ち上がっているものに、直央はどきりとする。

そもそも他人の性器が勃起している状態をじかに見るのははじめてだ。

それが高見原のものであり、その欲望が自分に向けられているのだと思うと、その凶器が恐ろしくもあり、嬉しくもある。

「すご、い」

高見原の身体すべてに対して出た言葉を、高見原は部分的なものと受け取ったのだろう。

「きみのせいだ」

片頰で苦笑して一度自分のそれを根元から扱き上げると……

直央の両膝を持って、広げながらゆっくりと胸のほうに押し付けた。

「あ」

突然、彼の目の前に恥ずかしい場所をすべてさらす格好になり、直央は慌てた。

こんな……こんなのは……だが、愛し合うためには必要で、普通のことなのだろうか。

何しろ全く経験がないので、わからない。

だが抵抗などできない……したくない。

羞恥《しゅうち》に震えている直央のそこに、高見原は顔を近寄せ、頼りなく勃ち上がっている直央のものに唇を寄せると……すっぽりと咥《くわ》え込んだ。

「あ——!」

思いも寄らない感触に、直央はのけぞった。

熱い、気持ちいい、恥ずかしい、気持ちいい。

熱い舌が幹に絡み、唇が上下に動き、舌先が先端の割れ目に潜り込む。

自分でだって最低限の刺激でさっさといくことしか知らなかった直央にとって、刺激が強すぎる。

ましてやそれが、高見原の舌や唇だと思うと……

「だ、やっ……も、もうっ……っ」

あっという間に上り詰めていく。

高見原の片手が直央の膝から離れ、性器の根元を握って上下し始める。

もうだめ、と思った瞬間——先端を強く吸われるのと同時に根元から扱き上げられ、瞼《まぶた》の裏に火花が散るような感覚とともに、直央は達していた。

「……っ……あっ……あ……っ」

びくびくと全身が震え、汗で皮膚が湿る。

こんなふうに、全身を快感が走り抜けるような達きかたは、したことがない。

ようやく我に返って……直央ははっとした。

高見原の口でされて、そのまま、ということは。

「あっ……」

慌てて上体を起こしかけると、高見原がどろりとした白いものを、唇から掌に落としたところだった。

「ご、ごめんなさい……っ」

これは赤くなるべきなのか蒼《あお》くなるべきなのかとうろたえる直央に、高見原はにっと笑ってみせる。

「何が？　気持ちよかったのなら、私も嬉しいよ。それに」

直央の視線の先で、高見原は直央のもので濡れた手を、そのまま直央の脚の間へと持って行く。

「こうやって、きみのために使える」

「あっ」

ぬるりとした感触が、臀《しり》の狭間《はざま》から奥へと達した。

「な、やっ」

高見原が直央の顔を見つめたまま、濡れた指先でそこをゆっくりと揉みほぐし始める。

直央だって……知識としては全く知らないわけではない。

男同士で、そこを使って繋《つな》がれるのだ、ということは。

だがそんなことが本当にこれから、自分の身体に起きるのだろうか。

高見沢の唇が艶っぽいと感じ、その身体の温度や熱を感じたいと思った衝動の先にあるものは……つまりこういうこと、なのだろうか。

ぬく、と指先が中に沈んだ瞬間、直央のそんな思考は弾け飛んだ。

「んっ……っ」

強烈な違和感。

だが同時に、なんともいえないむずむずとした感じが、その指に触れられている自分の内側から湧き上がってくる。

「痛かったら言ってくれ」

高見原が抑えた声で言ったが、直央はそれが痛みなのかそうでないのかもわからないまま、ひたすら指の動きを頭の中で追っている。

深く入り込んだ指が、内壁をゆっくりと擦る。

閉じた内側を押し広げるように、その指を回す。

「……っ……っ」

じわじわと全身に広がる、むず痒《がゆ》いような感覚に、直央は思わず唇を噛んだ。

これは……なんだろう、自分をゆっくりと押し流そうとしているような、これは。

指が増え、さらに奥へと進み、一度引いてからまた奥へと押し込まれる。

くちゅ、くちゅ、という濡れた音が自分のそこから聞こえるのだと思ったとたんに、恥ずかしさとは微妙に違う何かが、直央の皮膚を熱くした。

指がどこか一点をかすめた瞬間、鋭い刺激が背骨を駆け上がる。

今のはなんだろう、もう一度、と思うのに……高見原の指は、探り当てたそこを微妙にはずしながら、抜き差しを続ける。

「……ふ、ぅ……っ」

噛みしめていた唇がわずかに開き、濡れた甘い声が洩れた。

これは……本当に自分の声なのだろうか。

頭の中に次第に霞がかかったようになって、何も考えられなくなる。

もうじっとしていられない、と思った瞬間には、腰が勝手に浮いていた。

ただ指で中を愛撫されているだけで、気持ちがいい。

それでいて……それだけじゃなくて、もっと何か違う……という、本能的な、焦《じ》れるような気持ちもわき上がってくる。

それが……

「ねっ……も、もうっ……」

そんな、縋《すが》るような、ねだるような甘い声となって唇から洩れた。

「っ」

高見原が息を呑むような音が聞こえ……

そして、じゅぷっと指が引き抜かれた。

「あ――っ」

その動きすら内壁を擦る刺激となって、直央はのけぞる。

と、高見原が再び直央の膝に手をかけ、胸のほうに押し付けた。

高見原の切っ先が、直央のそこに押し当てられる。

「入れる、ぞ」

高見原が低くそう言って……ぐい、と腰を進めた。

「――っ」

直央は思わず息を詰めた。

熱い……そして、大きい。

周囲の皮膚を巻き込むようにして入ってこようとしているそれは――指とは全然違う。

大きすぎる……無理。

と、高見原が上体を倒してきて、直央の額や頬に唇をつけた。

「どうした、息を詰めるな」

「……っ……っ」

息をしようとしても、引きつるような呼吸しかできない。

「直央」

高見原が直央を呼んだ。

いつの間にかきつく閉じていた目を開けると、驚愕《きょうがく》したような高見原の目と、視線が合った。

「直央……まさか、きみは」

「……え？」

まさか、なんだろう。

自分の身体はどこかおかしいのだろうか、とぼんやり思っていると……

「……いい、大丈夫だ、まず息をするんだ……ゆっくり」

高見原が、直央を落ち着かせるように言った。

「できるか？　詰めないで……唇を開いて、吸って、吐く……そう」

高見原の声に励まされるように、こわごわと吸って吐くを二、三度繰り返すと、全身の緊張が解《ほど》けてくる。

「そうだ、いい子だ」

高見原はそう言って、直央に優しく口付ける。

「そのまま、力まないで」

高見原はそう言いながら、直央の腹を片手で撫で下ろし、萎えているものを握った。

優しく、しかし確実にツボを押さえて、直央を高めていく。

直央の意識がそちらの快感に向いたのを見計らうかのように、高見原が入り口で止まって

いたものをぐぐっと押し込んだ。

「痛むか？　無理ならやめるから、そう言って」

やめる……この状態でやめるなんていやだ、と直央は思った。

高見原だって辛いはずだ。

それに、痛いのではない、息苦しいだけで……それも薄れてきている。

「だ、いじょぶ……っ、し、て」

「だから、煽《あお》るなと言うのに」

高見原は堪《こら》えるように苦笑しつつ、様子を見るように、さらに腰を進めた。

「んっ……あ、あっ……っ」

ずずっと、太く固く熱いものが、直央の中を進んでくる。

これが……高見原なのだ、自分の中に彼が入っているのだ、と思った瞬間……中がぐずりと蕩《とろ》けた。

「あっ……あ、こ、れ……っ」

「大丈夫そうだな」

高見原がほっと息をつき、直央の性器を扱く手はそのままに、少し腰を揺すった。

「ああ、あ」

先端が当たる位置が変わったのか、ぞくぞくっとした痺《しび》れが身体を走り抜ける。

さらに高見原が中を抉《えぐ》るように腰を使うと——

「ああっ」

直央はのけぞった。

これはなんだろう……痛みでもなく、痺れでもなく、直央の全身を搦《から》め捕《と》って宙に持ち上げるようなこの感覚は。

高見原の動きが、次第に確信を持ったかのようなものに変わる。

退《ひ》き、押し込む。内壁を擦り上げ、奥を突き、そしてゆっくりと引いて……また奥へ。

前を愛撫されながら中への刺激を追っていると、突然腰の奥に何か熱い塊が生まれた。

「……あ、ああっ……んっ、くっ……」

どうしよう。

何か、来る。

我慢できない……！

そう思った瞬間——

腰の奥の塊が突然弾け、直央は声もなくのけぞって達していた。


「直央……直央、大丈夫か？」

どこか遠くから聞こえるような声に、直央がなんとか瞬《まばた》きをすると、高見原の目が間近にあった。

気遣うような、甘く優しい視線。

「……あ……俺……？」

直央がゆっくりと瞬きすると、高見原はほっとしたように微笑み、軽く直央の唇にキスをする。

高見原は直央の身体に寄り添うように傍らに横たわっていて……脚の間は、からっぽになったように、もう何もない。

ただ、高見原を受け入れていたところが、じんじん疼いている。

「どこか痛むか？」

高見原に尋かれ、直央は首を振った。

「だいじょ、ぶです……ちょっと変な感じ……だけど」

「それはそうだろう」

高見原は苦笑し、それから真顔になる。

「まさか、はじめてだとは……そうなんだろう？」

はじめて……こういうことが？　それはそうだ。

わかってしまうものなのか、と直央は恥ずかしくなった。

「そう……です、ど、して……？」

なんだか酔っ払っているような感じで、うまく呂律《ろれつ》が回らない。

すると高見原は直央の額に何度も口付け、それから少しばつが悪そうに視線を合わせた。

「……なんというか、非常に雑な言い方をしてしまうと……私は、きみはもっと経験豊富で、ある意味……ゲテモノ趣味なのかとも思っていたんだよ」

直央は瞬きし、高見原の不思議な色の瞳を見つめ、今言われたことの意味を理解しようとした。

経験豊富、とは。

「あ……俺が……抑えないでいい、なんて言ったから……？」

じわりと頬が熱くなる。

未経験の自分が言うようなことではなかったのだろうか。

だが……

「だって……俺だって……高見原さんと……」

「佳道」

高見原が優しく訂正する。

「よ、佳道さんと……その、ちゃんと、し……たかったから……」

恋人同士としてすることを、と言う前に、

「もう、その幸運が、私には信じられないんだよ」

高見原がそう言って、直央を抱き締める。

素肌と素肌がぴったりと密着する、この感じがとてつもなく幸福だ。

そして直央ははたと、今高見原の口から出た「ゲテモノ趣味」という言葉にも反論すべきだったと気付いた。

直央が経験豊富で、こういうことが好きで、「ゲテモノ」としてみることに興味があったとか、彼はそんなふうに思っていたのだろうか？

それは直央に対して「失礼」と言うよりは、彼の自信なさから来る思いだとわかる。

だが……どう言えばいい？

直央にとっては、高見原はとてつもないイケメンで、向こうの世界では自分など近寄ることもできない人だと感じていたのに。

こっちの世界では反対に、高見原が直央に対し、そう思っているのだ。

直央が美醜の感覚が違う世界から来たと言っても、信じてもらえるはずがない。

だったら……自分の美的感覚がどこかおかしい、ということでも構わない。

ただただ、高見原のすべてが自分の「好み」だとしか言いようがない。

それがこっちの世界では「ゲテモノ趣味」ということになってしまうのかもしれないが、もっと他の言葉はないのだろうか、と思っていると……

高見原が、呟《つぶや》くように言った。

「それに比べて私は、情けないな」

「え？」

何がだろう、と思っていると、高見原は直央を抱き締め、直央の頭に顎《あご》を載せるようにした。

「私自身には、気持ちが伴わない、あまり褒められたものではない経験があるからね……今、それをきみに対して恥ずかしいと思うよ」

それは、たとえば金銭が介在するとか、割り切った関係とか、そういうことだろうか。

高見原ほどの社会的地位もある人が、この年までなんの経験もないほうが、という気もする。

「だって……二人ともはじめてだったら、大変じゃなかったですか……？」

思わず直央は、身じろぎして彼の顔を見上げ、大真面目にそう言った。

高見原にすべて任せられたから、彼を受け入れられた。

二人とも探り探りでどうしていいかわからなかったら、こんなふうに幸せな余韻に浸るどころではなかったかもしれない、とも思う。

高見原は目を見開き、それからくっと笑いを嚙み殺し、また直央を抱き締めた。

「きみは……本当に」

頭のてっぺんに、何度も何度も口付けられる。

「きみの身体にこれ以上負担をかけたくないのだから、このまま二回戦を誘うようなことはやめてくれ。風呂に湯を張ってくるから、ちょっと待ってて。それから飯にしよう」

そう言って高見原はようやく直央の身体を離し、直央を羽根布団で包むようにしてから、バスルームへと歩いていった。


高見原の言う「二回戦」は翌日で、そして翌々日には「三回戦」と「四回戦」があった。

直央の印象としては、一緒にいる間じゅう、高見原の身体を間近で意識している状態だ。

高見原は昼間はホテルや会社に出かけていって仕事をし、夜はこのマンションに帰ってくる。

せっかく借りているホテルの部屋が、まるでリモートオフィスのような扱いだ。

もともと、このマンションに一人でいると孤独感にさいなまれてしまうのでホテル暮らしをはじめたということだが、最初は一週間くらいホテルで過ごし、ここに帰ってきて数日を過ごしてまたホテルに行く、という感じだったらしい。

それがだんだんホテル暮らしの気楽さと便利さに慣れて、気がつくと三ヶ月くらいホテルで暮らし、ここに戻って一週間くらい過ごしてまたホテルへ、というようなサイクルになり、そして今のようにほぼホテルで生活する状態になったらしい。

直央は、自分の存在が高見原のそういうサイクルを崩してしまうことが申し訳なかったのだが、高見原は「きみがここにいると思うだけで、この部屋がたまらなく魅力的に思えてくる」と言ってくれる。

食事は星か高見原がデパ地下のデリのようなものを買ってきてくれ、高見原が直央に必要と判断した身の回りのものも、買ってきてくれる。

通販で何か買ってこのマンションの宅配ボックスに入れて貰《もら》うことは可能だが、食事のデリバリーなどで直央が配達の人間と直接顔を合わせる状況は避けたいらしい。

直央も、この世界での自分がかなり危険な目に遭いがちだということはようやく実感しているので、高見原の気遣いは嬉しい。

だがいつまでも働きもせずに、高見原の世話になるわけにもいかない、と思う。

仕事はちゃんと探さないと。

「もう少しだけ待ってくれ」

直央の考えに、高見原はそう言った。

「まずは安全面をちゃんとしないと、私が安心できない」

そう言われると直央も無理矢理に行動を起こす理由はなく、とりあえずマンションの中で、掃除や洗濯くらいはさせてほしいと言って、しぶしぶ高見原を了承させた。

だがそうやって一週間ほどを過ごすと、直央には別な心配も出てきた。

向こうの世界にいる、もともとこちらの世界の、直央のことだ。

いくらなんでも一週間も連絡が取れない状況では、さぞかし心配しているだろう。

その間にもし、向こうの直央が「こちらに戻りたい」と思うような出来事があって、本当にまた入れ替わりが起きてしまったら……

今の、高見原との関係が失われてしまう。

それが一番の恐怖だ。

「あの」

その夜、帰宅した高見原と一緒に摂った夕食が終わりかけたころ、直央は思いきって言った。

「自分の部屋に……少し、取りに行きたいものがあるんですけど……郵便受けに光熱費の請求書とか、溜まってるかもしれないし」

「ああ、そうか、そういう心配があるか」

高見原ははっとしたように言った。

「じゃあ、今日これから？」

「……あ、いえ」

直央は躊躇った。

今からだと、向こうの直央とだいたいこの時間に鏡を覗《のぞ》く、ということにしている時間を過ぎてしまう。

「これからだとかなり遅くなっちゃうし、明日の夜でも」

「きみがそれでいいなら」

高見原は頷いた。

「では明日は、早めに帰ってくるよ。きみがよければ、どこか外で食事をしようか？」

高見原はそう言うが、彼が外での食事をあまり好まないことは直央も気付いている。

サングラスをはずした顔を他人に見られたくない、しかし夜、サングラスをかけたまま食事をするのもなんとなく人目につく。

個室だとしても、見知らぬ相手にサービスされるのがいやなのだろう。

だから、顔見知りの客室係が部屋まで食事を持ってきてくれるホテル暮らしが快適だったのだとわかる。

そして直央も、自分の容姿が人目を惹くことを考えると、同じ気持ちだ。

「明日も食事はここで……でももしよかったら、明日、ついでに買い物してきて、あさってては俺が作りましょうか」

「え」

高見原は手にしていた箸を取り落としそうになった。

「きみが？　私のために？　作ってくれる？」

「あ、あの、たいしたものは作れませんけど……！」

直央は慌てて言った。

「市販のルーを使ったカレーとか……適当な炒《いた》め物とか……」

いかにも一人暮らしの男子の自炊というもので、言ってしまってから直央は恥ずかしくなった。

高見原のような生活をしている人は舌が肥えているはずだ。

「いえ、たまにはと思ったんですけど……やっぱり自信はないので」

「ぜひ、頼む」

高見原は嬉しそうに言った。

「そういう、ごく普通の……プロが作ったのではない家庭料理的なものを、食べてみたい」

普通の家庭料理とも呼べないような、と思いつつ直央は高見原の語尾に引っかかった。

食べてみたい。食べたい、ではなく。

「あの、子どものころはどんなものが好きだったんですか？」

直央が尋ねると、高見原の顔に、さみしげなものがちらりと走った。

「……あまり記憶にないな。両親とも忙しかったし」

一度言葉を切ってから、少し自虐的に付け加える。

「両親も兄たちも、顔立ちが整っていたから……私は鬼子扱いで、あまり手をかけて貰った記憶はないんだ」

直央ははっとした。

家族のそういう話は以前にも聞いたはずなのに、こうして二人きりでいると、高見原が家の中でも「不細工」扱いだったということを忘れそうになる。

だが実際のところ、それだけのことでどれだけいやな目、辛い目に遭ったのだろう。

直央が絶句しているのを見て、高見原はふっと笑った。

椅子から立ち上がり、テーブルを回り込んで、直央を椅子の背ごと背後から抱き締める。

「いいんだ、きみにはそういうことは理解できなくて。世の中には、自分の子が醜いというだけで疎んじる親もいる、それだけのことだ」

「そんなの……」

直央は、自分を抱き締める高見原の腕にそっと触れた。

顔を見ていなくたって、抱き締めてくれるこの腕の感触だけで、彼がどんなに愛情深い優しい人かわかるのに。

だからこそ余計に彼は、孤独が辛かったのではないだろうか。

高見原はことさらに軽い口調で続ける。

「まあ仕方ない、何しろうちの……特に母ときたら、ほら、大西《おおにし》ハルカとかいう俳優がいるだろう、若いころには今の彼女にそっくりだったくらいの美貌だったらしいから」

直央は反射的にその名前の俳優を頭の中で検索したが、顔が出てこない。

これはこの世界で暮らし始めてから感じていることなのだが……テレビとか動画とかCMとかに出てくる「美男美女」が、どうにも印象に残らない顔なのだ。

この世界の「美」の基準だから当然そうなのだろうが、何もかもが平均的な、同じような、無難なつくりの顔……直央自身の顔と似たような印象しか受けない。

「ごめんなさい……俺、その俳優さんの顔がわからなくて」

「ドラマや映画は見ない？　あの、サーフィンをしている浄水器のCMは？」

そう言われると、ぼんやりシルエットは浮かぶが……向こうの世界にはなかったCMで、高見原のマンションで過ごすようになってからなんとなくつけていたテレビで見たような見なかったような、という感じだ。

「なんだか、みんな同じ顔に見えて……」

申し訳ない気持ちになって直央がそう言うと……

背後で高見原がくっくっと笑い出した。

「あ、あの」

上体を捩《よじ》って振り向くと、高見原が本当に楽しそうに目を細めている。

「きみの、そういうところが……本当に不思議だ。きみ自身が自分の美貌にどれだけ無頓着なのか、よくわかるよ」

そう言って高見原は直央の唇に口付ける。

「じゃあ、明日はカレーの材料を買って、あさってはカレーだな。楽しみだ。そして今は……私はきみを、このまま食べてしまいたいな」

この場合の「食べる」の意味はさすがにわかるし、そう言われただけでずくりと腰の奥が疼くくらいには回数を重ねてしまっている。

「……食べて、ください」

直央はにわかに喉が渇くのを感じ、ごくりと唾を飲み込みながら言った。


「あ……っ、あっ、もっ……っ」

ねだるような声は、勝手に唇から洩れる。

ベッドの上で俯《うつぶ》せになり、腰だけを高く上げた姿勢で、額をシーツに押し付ける。

高見原の舌が、丹念に直央のそこを舐め蕩かしている。

この姿勢でこんなことをされるのははじめてだ。

毎日新しいことを教えられている気がする。

最初に一緒にシャワーを浴びて、掌で丁寧に身体を洗われて。

キスだけでどうにかなりそうになったところで、一度彼の手でいかされて。

ベッドに運ばれてそれからまた、全身に口付けられて。

今日は、うなじから背骨伝いに腰までを愛撫されて、自分の身体の裏側にもこんなに感じるところがあったのだと思い知らされた。

それから彼の唇が狭間まで入り込んで……そして今、窄《すぼ》まりをじっくりねっとりと時間をかけて舐めねぶられている。

つん、と尖らせた舌先で突かれ、ひくりと震えたそこに、舌が潜り込んでくる。

唾液を送り込まれ、自分でも中がたっぷり濡らされたのがわかるようになったころ、舌に沿わせるようにして指が送り込まれてくる。

「あっ……あ、あ、あっ」

軽く指を抜き差しされただけで、ずくんと背骨が疼く。

「これ？　いいか？」

そう尋ねる高見原のくぐもった声が、腰から背骨を伝って耳に届くようだ。

もう、たまらない。

そして自分だけぐずぐずに感じさせられているのが、焦れったい。

「おねが……も、ねぇ……っ」

「もう少しだ」

中を指で丹念に押し広げる時間が長ければ長いほど、入れられた瞬間の快感が大きいことを、もう高見原に知られてしまっている。

だがもう十分だ……欲しい、彼が欲しい。

自分に性欲なんてないと考えていたのはどの頭だ、と思う。

ようやく、舌と指が離れる。

このまま仰向けに返されるのかと思ったら、高見原は直央の腰を抱え直し、そのまま後ろから、熱いものを押し当てた。

後ろから入れられるのははじめてだ。

身構える間もなく、さんざんほぐされてぬかるんだそこに、ずぶりと彼が入ってきた。

「うぁぁあああっ」

――奥まで。

こんなに奥まで来るなんて。

高見原の腕が直央の腰を抱え、律動を始める。

彼のリズムに支配されて何も考えられなくなる。

自分がこんなふうになるなんて知らなかった。

この人だから……誰にも求められたことなどなかった自分を、求めてくれる人だから。

今まで直央は、存在感がなく、特別な人間として誰かに認識されたことがなかった。

まして、こんなに求められ、必要とされ、愛される幸せがあるなんて、想像したこともなかった。

嬉しい。

この人が好き。

この人と一緒にいたい、ずっと。

そんな考えすら、彼の熱で溶かされていき——

高見原の低い呻《うめ》きとともに彼のものが中に注ぎ込まれ、同時に触れられてもいなかった直央のものも一緒に弾けた。


次の日、そろそろ高見原が帰ってくる時間になり、うきうきしながら出かける準備をしていると、携帯の着信音が鳴った。

高見原だ。

「はい」

急いで出ると、

「直央、私だ」

ちょっと早口で高見原が言った。

「仕事で、遅くなってしまう。悪いが買い物はまた別の日に。きみの部屋の郵便物などの確認は急ぐだろうから、星を向かわせたので、一緒に行ってくれ」

「あ、え、はい」

「では夜に……先に寝ててくれていいよ」

高見原はそれだけ言って、電話は切れてしまう。

仕事で何か突発的なことでもあったのだろう。

前にも、海外と直接やりとりする必要があるとかで急に遅くなることがあったから、そういう関係かもしれない。

だったら出かけるのは今日でなくても、と思ったのだが……「星を向かわせた」ということは、もうこちらに向かっている最中なのだろう。

そう思ったとおり、それから間もなく星が迎えに来た。

高見原の車とは違う、目立たないコンパクトカーの後部座席に乗せられる。

星は何度か食料品や日用品を届けてくれているから、そのたびに顔は合わせているのだが、必要最低限の会話以外はしたことがなく、その星と狭い空間に二人でいるのはなんとなく気まずい。

社長の愛人の世話をさせられる秘書、という感じで……どうにも申し訳ない。

車が動き出すと、直央はおずおすと言った。

「すみません、俺の私用で……」

「前にも申し上げましたが、これは社長の用事ですから」

星はそっけなく答えた。

別に直央のためではなく、あくまでも高見原の命令で、仕事として動いているのだ、と。

なんとなく、星には嫌われている気がする。

斜め後ろから見る銀縁の眼鏡をかけた星の顔は、高見原とはまた違う、彫りの深い国籍不明ふうのイケメン顔だ。

と、星がミラー越しに直央をちらりと見た。

「私の顔に何か?」

「あ、いえ……」

「あなたのような方には、珍獣のように見えるのでしょうね」

星の言い方が思いがけずきつい感じで、直央ははっとした。

「そ、そんな」

「自分の顔のことはよくわかっています。この顔のせいでずいぶん苦労もしましたからね。言っておきますが、秘書チームは全員こんな感じですよ。社員も、顔立ちが整った人は少ない。社長は、容姿のせいで理不尽な思いをしてきた者に、チャンスを与えようとしてくださっているのです」

容姿のせいで理不尽な目に。

高見原は、家庭内でも「鬼子扱い」だったと言っていた。

その他にも、いろいろいやなことがあった、とも聞いた。

そして今、素顔をさらさない謎のカリスマ社長となって、自分と同じような思いをした人たちにチャンスを与えているのか。

孤独を感じて生きてきた、本質はさみしがり屋で優しい彼らしい、と思う。

直央が無言でいると、

「あなたのような方には、社長や我々の苦労はわからないでしょうね」

棘《とげ》のある口調で星が続けた。

「それなのに……社長が選んだのがあなたのような人だったのは、意外ですよ」

そうは言われても、と直央は困惑した。

直央だってまだ、自分が「超絶美形」扱いであることに慣れない。

こちらの世界の直央ならどう答えるだろう……「好きでこんな顔に生まれたわけじゃない」とでも言うだろうか。

だが今ここでそんなことを言ったら、星に喧嘩《けんか》を売ることになりかねない。

「……俺にも、わかりません……あの人がどうして、俺なんかを好きになってくれたのか」

そもそものきっかけはなんだろう。

やはり顔なのだろうか。

いや、高見原は直央の、偽りの感情がまるでない、真っ直ぐな視線が……高見原の顔を見ても、軽蔑や嘲笑がまるでない視線が好きだと言ってくれた。

あのとき直央は、直央が「こんな顔なのに」好きだと言ってくれるのだ、と感じた。

星が言うように、彼のこれまでの人生を考えればむしろ、「超絶美形」の相手など選ばないはずなのだろう。

むしろそれを言うなら、直央だって高見原をもともと完璧なイケメンとして見ていたのだし、あの容姿であの体格であの社会的地位であることが、憧《あこが》れの対象だった。

だから直央のほうこそ「面食いで、顔から入った」と言えてしまうかもしれない。

だが入り口はそこだったが……今は、高見原のすべてが好きだ、と思う。

むしろ、高見原もそう思ってくれているのかどうか、自信がない。

しかし星は眉を寄せてため息をついた。

「その顔でそういう言い方は嫌みですよ」

今の「俺なんか」は、こっちの世界では確かに失言だったかもしれない。

美的感覚の違いがややこしすぎて、相手を傷つけない言葉を探しきれない。

すると星が唇を嚙み……それからミラー越しに直央を見つめ、尋ねた。

「あなたは社長を愛しているのですか」

愛、という言葉に直央はどきっとした。

高見原のことは好きだ。大好きだ。

だが恋愛に縁のなかった直央にとって、「愛している」という言葉はとても重く大事な言葉だという気がする。

愛しているのか……そうなのかもしれない、きっとそうなのだ、と思う。

だが当の高見原にすらちゃんと言ったことのないその大事な言葉を、今ここで、星に言ってもいいものなのだろうか。

とっさに言葉を返せずにいると……

「ああ、ここですね」

星が口調を変え、直央はほっとした。

いつの間にか目的地に着いていたのだ。

マンションの並びにあるコインパーキングに車を駐《と》め、星も降りてくる。

建物に入ってまず郵便受けの中に溜まっている、ほとんどがチラシと思われるものをごっそりとつかみ取り、エレベーターで二階に上がると、玄関の前で星が言った。

「ここで待ちます。ごゆっくり」

高見原の指示なのだろう。

直央も、ストーカーの恐怖を思うと、たとえ自分を嫌っていても義務を果たしてくれる星の存在が心強いのは確かだ。

「じゃあ、すみません」

直央はそう言って、鍵を開けて自分の部屋に入った。

久しぶりだ。

一週間くらいのことなのに、とても長く留守をしていたような気がする。

時計を見ると、向こうの直央と会えそうな時間までまだ少しある。

直央は急いでバックパックを引っ張りだした。

着替えや日用品は高見原が用意してくれたが、自分のノートパソコンと、それから大事なノートが数冊ある。

それから郵便物を仕分け、必要なものをバックパックに突っ込む。

そろそろ……時間だ。

直央はシャワーブースに入り、鏡を覗き込んだ。

鏡に映った自分の顔を見ると——

「あ！」

大きく目を見開いて、向こうの直央が叫んだ。

「いた！」

「ごめん、しばらく会えなくて」

直央は慌てて言った。

「ううん、俺もなかなか来られなくて。そっち、何かあった？」

そう尋ねる向こうの直央の顔の雰囲気が、なんとなく変わったように思える。

明るく、晴れやかな感じ。

「あった……いろいろ。そっちは？」

「こっちもいろいろあった」

向こうの直央は頷く。

「いいことばっかり……本当にこっちが楽しくて……」

そう言ってからちょっと躊躇い、申し訳なさそうな顔になる。

「そっちは……？　いろいろ大変だよね……戻りたいよね」

「ううん」

直央はきっぱりと言って首を振った。

「戻りたくないんだ……今日はそれを言わなくちゃと思った。俺、ずっとこっちにいたいんだ」

それは、次に向こうの直央と話すときにまず言おうと思っていたことだった。

「え!?」

向こうの直央が驚愕した。

「ほんと？　どうして⁉」

「好きな人ができたんだ。その人と……この一週間、その人と一緒にいて。この先も一緒にいたいんだ」

「そうだったんだ……！」

向こうの直央の顔が紅潮する。

「ねえ、誰だか聞いてもいい？　っていうか、俺もそうなんだ。俺も好きな人ができて……もしかして同じ人かな」

直央は胸がどきどきしてくるのを感じた。

二つの世界は、両方の直央にとってなんとなくつじつまが合う、という気がしている。だとしたら。

「言ってみる？　せーので」

「うん、いいよ、せーの」

「たかみは——」

「いいださ——」

二人は同時に言葉を切り、互いを見た。

「え？　高見原さま？　スイートの⁉」

「飯田さんって、宿泊部主任の飯田さん⁉」

直央は呆然と鏡の向こうの直央を見つめた。

好きになった人が、違う。

「ちょっと待って、じゃあ、バイトまだクビになってない？」

「え？　クビ？　なんで？　正社員になる話があるよ！　それもいいかなって思ってる」

二人は再び無言で互いを見つめ……

そして、向こうの直央が、考えながら口を開いた。

「もしかして……そっちとこっち、だんだん離れてるのかな」

両掌《りょうてのひら》を合わせ、そして手首をつけたまま掌を反らせて、指だけを離す。

「なんか……こんな感じで？　最初は俺たちの道はくっついてたけど、だんだん離れていってる、みたいな？」

直央にもなんとなくそのイメージはわかった。

ベルボーイからスイート担当になったときまでは、まだかろうじてくっついていた二つの世界が、じょじょに離れ始めている、という感じ。

「だったら……戻ろうとしてももう、戻れないのかな」

向こうの直央が言い、直央は頷いた。

「かもしれない。でもだったらそれでいいんだ、俺はこっちにいたいから」

「そうかあ……」

向こうの直央はどこか感慨深げだ。

「どうしてこうなったのか結局わからないけど……最初は、俺がそっちから逃げ出したくてこうなった気がするから、ほんと、悪いことしたと思ってたんだけど……そっちがそれでいいならよかった」

向こうの直央の気が楽になって、そしてお互いに幸せならそれでいいのだ。

「それであの」

直央は躊躇いながら言った。

「どうやら、他のところの鏡だとだめそうなんだよね、こうやって話すのは。だから、ここを引っ越しちゃうと困るよね」

「それは……そうだけど……引っ越したいの？　何か危ない目に遭った？」

向こうの直央が不安そうな顔になったので、直央は慌てて首を振った。

「ううん、ちょっと確認しただけ。じゃあ、俺、そろそろ行かないと……次の時間は約束できないけど、またね」

「うん、またね」

二人は最後にもう一度まじまじと互いの顔を見つめ――

そして直央は、シャワーブースを出ると星が待ってくれている部屋の外に急いで出た。

高見原のマンションに戻ると、直央は自分の部屋から持ってきたノートを開いた。

それは小学校高学年くらいのころから書き続けているもので、直央が自分で考えた旅行のプランがいろいろ書き付けてある。

電車の乗り継ぎとか、電車賃、観光地の所要時間なども調べ、あちこちで貰ってきた資料を貼り付けたり挟み込んだりもしてある。

直央は昔から、旅行のプランを考えるのが大好きだった。

学生のころもバイト代が貯《た》まったら旅に出る、ということをよくしており、自分でルートを考えて、プランAが何かの理由でだめになったら、すぐに切り替えられるプランBやCを用意するのも楽しかった。

直央の旅はたいてい一人だったが、たとえば家族連れだったらこうするのもいい、恋人同士だったら、老夫婦だったら、などと想像はきりがなかった。

大学生になってからのものはパソコンに入っているから、このノートはそれ以前のものばかりだ。

こんな趣味があるから、就職も旅行業界を希望していて、いくつか受けてみたのだが、全滅だった。

バイトとしてホテル勤務が気に入ったのは、旅のにおいをさせるお客と接することができるから、ということもあったかもしれない。

向こうにいるこっちの世界の直央も同じだったようだが、ホテルで正社員の話が出ているということは、旅については趣味と割り切る決心がついたのかもしれない。

自分も、ちゃんとこの先のことを考えなくてはいけない。

旅行のことは趣味として、地に足の着いた、長続きする仕事を探す。

さらに言えば、この「美貌」とやらが邪魔にならない仕事。

だがそれはそれとして……ノートをめくりながら、高見原とだったらどこにどんな旅行に行くのがいいだろう、などと想像するのは楽しい。

そうやって、あれこれ考えながら高見原を待っているうちに、直央はソファで眠り込んでしまい……

そして目覚ましが鳴った。

目を開けると寝室のベッドにいる。

そして、目覚ましを止めてむくりと起き上がった、高見原の姿。

「あ？　あれ？　おはようご……お帰りなさい？」

軽く混乱している直央に、高見原が笑って軽く口付ける。

「ソファで眠っていたから運んだんだよ。私はちょっと早く出なくてはいけないから、きみはまだ寝ていなさい。今夜も遅くなるかもしれない」

高見原はそう言ってベッドから出て着替え始めた。

それから数日彼は忙しく、ようやく一緒に食事をできたのは三日目の夜だった。

「やっと落ち着いた。明日は休めるから、きみと一緒にいられる」

高見原は嬉しそうだ。

多忙にもかかわらずそれほど疲れた様子を見せないのは、もともとタフなのだろう。

「さて、何をしようか」

テーブルに頬杖《ほおづえ》をついて直央を見つめる目が、優しく、甘い。

直央はじわりと頬が熱くなるのを感じつつ、とりあえず考えていたことを言わなくては、と思った。

「俺……仕事を探したいんです」

「仕事？」

高見原の眉が寄る。

「まだいいだろう、少しゆっくりしたらいい」

「でもあの、自分の部屋の家賃も払わなくちゃいけないし……そんなに貯金もないし」

「ここで暮らせばいい」

高見原はきっぱりと言った。

「あの部屋は引き払ってしまえばいい。あそこは危なすぎる」

それはそうなのだし、高見原はそう言うだろうと思ってはいた。

だが、そうもいかないのだ。

残しておきたいのは部屋そのものではなく、あそこにあるシャワーブースの鏡なのだ、とはとても言えない。

直央が言葉を探していると、高見原の顔が曇った。

「もしかすると……ここにいたくなくなったときのことを考えて、戻る場所を確保しておきたい、ということか……？」

「え」

直央は驚いて高見原を見た。

「違います、そんなんじゃ……っ」

「直央」

高見原が意を決したように立ち上がってテーブルを回り込むと、直央が座る椅子の横に来ると、ゆっくりと片膝をついて跪《ひざまず》いた。

「佳道さ……」

何をするつもりなのだろう……と直央が戸惑っていると、

「直央」

高見原は直央の片手をそっと取り、唇をつける。

「頼むから……ここにいてほしい。私と一緒に。きみが誰かの目に触れて危ない目に遭うことなど考えたくもない……生活の心配はしなくていいから、ただここにいてほしいんだ」

それは、仕事もせずにすべてを高見原に頼って、このマンションの中にいてほしい、ということだろうか……？

これが男女で、結婚して専業主婦になる、ということならもしかして……いや、男同士でそういうことができたにしても、自分は「自立」「自活」ということを手放してしまうのは不安だし、高見原にもそんな重荷は負わせたくない、と思う。

高見原は困惑している直央の目を、じっと見つめる。

「こういう……きみをここに閉じ込めて私だけのものにしておきたいという願いは、きみにとっては束縛であり苦痛だろうか」

直央ははっとした。

高見原の目の中に、苦しげなものが見える。

彼の不思議な色の瞳の中に、苦痛や苦悩や、不安がある。

「……どうして、何がそんなに……不安、ですか……？」

直央は思わず尋ねていた。

「俺はあなたから離れようとか、そんなことは考えてもいないのに」

高見原は唇を噛んだ。

「……私はまだ、自分のこの幸運が信じ切れていないんだよ。きみがどうして私のような男を受け入れてくれているのか。私はいったいきみに、何をあげられるのか。私と一緒にいて、きみは幸せなのだろうか、と」

「幸せです……！」

直央は強く言ったが、高見原の瞳から不安は消えない。

「そう言ってくれるきみの言葉に嘘はないと思いたい……だがこれは私の問題なんだ。私は、いつかきみが……すべては冗談だった、と去っていくのではないか、これはつかの間の夢なのではないか、という不安を拭えずにいる」

その、絞り出すような声音に、直央の胸がぎゅっと痛くなった。

「もしかして、その……前に、そんなことが……？」

高見原の頬に自虐的な笑みが浮かぶ。

「そこまでの関係にすらなった相手はいない。だが、学生時代から……何かの罰ゲーム的に私に告白して反応を見るというような悪戯《いたずら》はたびたびあった」

それは、悪戯じゃなくていじめだ。

他にも、まだ聞いていない辛い思い出はどれだけあるのだろう。

星が「あなたのような人にはわからない」と言っていたのは、そういうことなのだろうか。

確かに直央は、向こうの世界基準でも「醜い」わけではなかったから、そういういじめには遭っていない。ただただ、認識されにくく無視されがちだっただけだ。

「きみがそんなに辛そうな顔をしなくてもいい」

高見原はわずかに目を細めた。

「私自身は、そういうことには慣れている。学生時代のアルバイト探しでも、接客の仕事はまず写真ではねられたし、やっと見つけた内勤の仕事でも、届け物をしに行った取引先からあんな顔の人間を寄越《よこ》すなと言われたり、違う部署からわざわざ私の顔を見物に来る社員がいたり……そういうことはもう、無視することを学んだ」

直央はごくりと唾を飲んだ。

自分がもといた世界で、「不細工」と認識される人たちも、そこまでひどい目に遭っていたのだろうか。

それともこちらの世界では、もとの世界よりも容姿に対する反応が厳しいのだろうか。

「ひどい」

直央の声が震えた。

何か……もっと違うことを言いたい。

直央にとって高見原は、すべてにおいて完璧な人に見えると、言いたい。

だがそれを信じてもらえる自信がない。

「でも……でも、あなたは仕事でこんなに成功してるじゃないですか……」

ようやく直央は、こちらの世界の高見原が自信を持っていそうなことを見つけた。

そうだ、ホテル暮らしができる経済力をつけるほど、仕事で成功している。

それはやっぱりすごいことだ。

「それは意地の結果だ」

高見原は言った。

「とにかく、顔を出さなくてもいい仕事をしようと思った。幸い、今は特にＩＴ関係ならそれも可能だ。会社を興し、最初から顔出しをしないことを選んだ。以前から私を不憫《ふびん》がってくれていた母方の祖父の養子になって名字も変えたから、学生時代の私と今の私を結びつける人間もいないし、どこかから卒業写真などが洩れる恐れもない」

直央は息を呑んだ。

そこまでして……そこまで徹底的に、「顔を出さない」ことを選ばなくてはいけないほど、この人のそれまでの人生は辛かったのだ。

「……だから」

高見原は少し躊躇い、思い切ったように言った。

「私は、きみが私のどこをいいと思って受け入れてくれているのか、いまだに自信がないんだよ。ただ、きみが私の目を……こんなに変わった色の、一番隠しておきたいと思っている目を好きだと言ってくれたことは、本当に嬉しかった。だがそれすらも信じ切れていない」

信じてほしい。

目だけじゃなくて、声も好きだし……すべてが好きだ。

だがそれが、自分にとってそもそも彼が「醜く」なんかなくて、彼に対する印象のスタート地点が違うからだと、どうやって説明すればいいだろう。

高見原はさらに言葉を続ける。

「もう少し……もう少しだけ、私にこの幸せを味わわせてくれないか。いつか……近い将来に終わりが来るのだとしても……それまで、きみにとって私が、なんらかの利用価値がある男なら、利用してくれないか」

直央は泣きたくなった。

そうじゃない。そうじゃないのに。

言ってしまいたい、自分は価値観が違う別の世界から来たのだと。

自分にとって高見原は、醜いけれど利用価値がある相手などではなく、本当にすべてにおいて完璧な、理想の人なのだと。

だがそうすると、自分は自分の世界の価値観で、やはり彼を「美形だから」好きなのだと思われてしまうのだろうか？

彼はそれを受け入れてくれるだろうか？

絶句してしまった直央の手に、高見原は再び口付けた。

「すまない、きみを困らせた。そんなつもりではなかったんだ」

そう言って、立ち上がる。

「きみの仕事については、ちょっと考えがあるから待っていてくれないか。部屋を解約したくないのなら、しばらくはそのままにしておけるようにするから……任せてほしい」

直央は頷いた。

自分のことは自力でなんとかしたいと、今の高見原にはとても言えない。

その夜はそのままなんとなく気まずい雰囲気で過ぎ、ベッドに入ってからも、高見原は「おやすみ」と直央の額に口付けて横になった。

ここに来てから、高見原が遅くなったときを除いてこんなふうに「何もしない」で寝ることははじめてだ。

高見原は自分との関係について、何か考えているのだろうか。

自分に自信が持ちきれない高見原が、直央に「捨てられる」前に別れよう、と考えたりしているのだろうか。

直央は胸にじわじわと不安が広がるのを感じ、何度も寝返りを打ちながら、なんとか眠ろうとし——

「きみは誰だ？」

高見原が眉を寄せて言った。

その男らしく美しい顔に、不審と軽蔑が浮かんでいる。

直央が驚いて周りを見回すと、そこはホテルのロビーで、彼はサングラスをしていない。

そして自分は、客室係の制服を着ている。

「俺は……友部直央、です」

「知らないな。見たこともない」

高見原はそっけなく言って、傍らの星を見る。

「知っているか？」

星は直央をまじまじと見て首を振る。

「いえ、このホテルの従業員なのでしょうが、顔に覚えはないですね」

直央は蒼くなった。

もしかしたら、戻ってしまったのだろうか、もとの世界に。

いつの間に？

どうして？

自分がいるべきなのは、こちらではないのに。

高見原が自分の顔を認識すらしてくれないような、この世界ではないのに。

いやだ。

ここにいたくない。

戻りたい、帰りたい、ここにいるのは――いやだ――!


「直央!」

大声で名前を呼ばれ、直央ははっと目を開けた。

寝室の灯《あか》りがついていて、高見原が心配そうに直央を見つめている。

「あ……」

夢、だ。

もとの世界に戻ってしまって、高見原が直央のことを認識もしてない、夢。

あれが……もとの世界の現実だ。

だが、今高見原の寝室で、同じベッドに寝ている直央にとっては……

「ゆ、め……いやな、夢」

「そのようだな」

高見原は頷いた。

「帰りたい、ここにいるのはいやだ、と言っていた」

そう言ってから、辛そうに眉を寄せて直央を見つめる。

「自分の部屋に……戻りたいか？」

「え？」

直央はぎょっとした。

彼は誤解している……しても仕方がないのかもしれないが――

「違うんです！」

慌てて直央は言った。

「いたくないのはここじゃなくて、俺がもともといた世界なんです！　あっちでは、あなたは俺のことを知らなくて――」

そこまで言ってしまってから慌てて口を両手で覆ったが、遅かった。

「もともといた世界？」

高見原が眉を寄せる。

「私がきみを知らない？　それはどういう意味だ？」

だめだ……ごまかしはきかない、と直央は思った。

今さら寝ぼけていることにするのも難しいし……それに、こうなったら言ってしまいたい、とも思う。

高見原に本当のことを言わないままでは、いずれ二人の気持ちがずれていってしまうような気がする。

だったら。

直央はベッドの上に座って居住まいを正し、息を吸い込んだ。

「俺……は、違う世界から来たんです。もともとこっちの世界にいた俺と、入れ替わったんです」

思い切って言葉を唇から押し出す。

高見原は無言で直央を見つめている。

直央がどうにかなったと思っているかもしれないが……もう続けるしかない。

「あっちとこっちは、なんていうか、美的感覚が違うんです。俺の顔は平凡で、印象が薄くて、誰にも覚えてもらえないような顔で……そして、あなたは俺にとって、男らしい美形で、顔も体格も、何もかも完璧に見える人なんです……！　だから俺だって、どうしてあなたが俺なんかをって、こっちの俺がそんなこと言ったら嫌みに聞こえるのかもしれないけど、でも俺にとってはそうでっ、だからあなたが不安に思ってることって、わかるような気もするけど、でもあっちの俺はただ存在感がないっていうだけだから違うのかもしれなくてっ」

慌てて説明しているためか、どんどん自分でも何を言っているのかわからなくなってくる。

「待って。待ってくれ」

高見原が手で直央を制した。

「私の聞き間違いでないのなら……きみは別世界から来た？　美的感覚が違う世界と？　こちらのきみと入れ替わって？　それはそもそもいつ？」

「ええと、ええと」

直央は必死に記憶を辿《たど》った。

「ああ、あの日です、俺がお客に襲われそうになってあなたが助けてくれた日……！」

「あの日？　ということはあの前日までは、きみは……ロビーにいたベルボーイのきみは、今のきみじゃなかった？」

もしかしたら高見原は、信じようとしてくれているのだろうか、こんな支離滅裂な話を。

「そう、そうです」

「それをきみはどうやって理解した？　どうやって適応した？」

「鏡が……俺の部屋の、シャワーブースの鏡を見て……ええと、あっちの俺が同時に見ていると、話ができるんです」

「こちらとあちらは全く同じではないのだろう？　どういう違いがある？」

「もちろんその……人間関係というか、扱いがその、違いますし……あっちでは痴漢に遭ったり襲われたりなんて一度もなかったし、内鍵が増設してあるとか、こっちの俺は鏡が嫌いで家の中に置いてなかったりとか……」

直央はそこまで言ってはたと口をつぐんだ。

鏡がないのは高見原の生活空間も同じだ。

ただ理由は正反対……こちらの直央は、厄介ごとばかり引き起こす自分の美貌が嫌いで、高見原は「醜い」自分の顔が見たくなくて。

高見原は唇を噛み、無言で考え込んだ。

信じてくれるだろうか、と直央が不安になっていると……

高見原はゆっくりと口を開いた。

「つまり……向こうでの私は、きみにとって完璧に見えていて……きみはその彼が——私が——好きだった？」

直央はちょっと首を傾《かし》げた。

「好きっていうか……あっちのあなたは、近寄ることもできない憧れの人でした」

ただ遠くから、あの人は素敵だな、と思う程度の人。

見かけたらその日はラッキー、というレアキャラみたいな。

個人的に知り合いになることすら想像もしたことがない。

高見原は再び黙り込む。

直央の言葉をどう受け止めているのだろう。やはり言わないほうがよかったのだろうか。

だがずっと隠し続けて……この人を騙《だま》し続けるのもいやだ。

ずいぶんと長い沈黙に感じるものを、直央がじっと耐えていると……

やがて、高見原が身じろぎした。

直央を見つめるその視線が、感情のよくわからないものになっている。

「少し……少し、一人になって考えてもいいか」

「あ、も、もちろんです」

直央が慌てて、リビングに行こうとベッドから出ようとするのを、高見原の手が止めた。

「いや、きみはここにいて。私はちょっと……ホテルのほうで、一人になって考えるから」

高見原はそう言って、ベッドから立ち上がる。

ホテルのほうで……ホテルの部屋で、一人になって考える。

一人でここに残されるのは不安だが、あまりにも奇想天外な話を聞かされたら、そういう反応になるものなのかもしれない。

「でも……今から？」

「もう朝だ」

そう言われて直央が時計を見ると、目覚ましが鳴る直前くらいだった。

「あの……帰ってきて、くださいね」

手早く着替える高見原を見ながら不安になって直央がそう言うと、

「もちろんだ」

高見原は真面目にそう言って頷き、そのまま部屋を出て行った。


それからの数時間は、おそろしく長く、のろのろと過ぎた。

高見原は何をどう考えているのだろう。

本当に、直央の言葉を受け入れようと頭を整理しているのだろうか。

そうではなく、直央の頭がどうかしていると思い、関係を見直そうと思っているのだとしたら……どうしよう。

こちらの世界で生きようと思い、向こうの直央にもそう言ったばかりなのに。

高見原と別れることになったからといって、向こうに戻るというわけにはいかない——戻ろうと思って戻れるものではない。

厄介ごとばかり引き起こす、超絶美形で変なフェロモンとやらを出しているこの顔で、どうやって生きていったらいいのだろう。

高見原なしで。

そう思っただけで、直央の胸がぎゅっと絞られるように痛くなる。

いつの間にか昼近くになっていたが、食事をしようという気にもなれない。

高見原は何時頃帰ってくるのだろう。

そもそも……帰って、くるのだろうか。

何度目かのそんな問いを自分の中で発したとき——

チャイムが鳴った。

直央は飛び上がってモニターに駆け寄った。

そこに映っていたのは、星だった。

エントランスにいるようだ。

「はい!」

直央が急いで応答ボタンを押すと、

「ああ、友部さん、いらっしゃいましたか」

星が少し慌てたような口調で言った。

「今すぐ、出られますか? 社長が……急いで、外で会いたいと言っておいでなのです」

会いたい……ここに帰ってこないで?

「ど、どこで……?」

「インターホンで長いことお話できるようなことではないので」

まさか、どこかで倒れたとか事故に遭ったとかで、直央を呼んでいたりするのでは?

直央の頭にそんな考えが巡り、

「今開けます！」

直央はそう言ってエントランスのロックを解除し、インターホンを切ると、玄関に走った。

玄関のチャイムが鳴るのと同時に扉を開けると、そこには星が緊張した顔で立っていた。

「そのまま出られますか？　鍵はお持ちですか？」

星の問いに、転がるようにリビングにとって返し、カードキーを掴んで戻る。

服装はかろうじてパジャマではなく、高見原が買ってくれたブランドもののカジュアルシャツと綿パンだから、このままでいいだろう。

「鍵を閉めます」

星が手を出したのでとっさにカードキーを渡すと、星は鍵を閉め、それからエレベーターに向かった。

「あの、高見原さんは」

「車の中でお話します」

星はそう言って、エレベーターのボタンを押す。

直央の胸は不安でいっぱいになった。

高見原に何があったのだろう。

駐車場に着くと、いつも高見原の車が駐まっている区画に急ぐ。

そこには見慣れない黒いワゴン車が駐まっていた。

高見原の高級セダンでもなく、前に星が乗っていたコンパクトカーでもない。

直央は、なんだか妙な気がして、立ち止まった。

星は……この車で来たのだろうか。

ナンバーが「わ」なのは、レンタカーだったような気がするが……それは、こちらの世界でも同じなのだろうか。

しかし、星が「急いでください！」とせかし、直央は反射的に車に駆け寄った。

そのときスライドドアがさっと開いて、見慣れない男の上半身が出てきたかと思うと、次の瞬間直央は車の中に引きずり込まれていた。

「な……っ」

叫ぼうとした口に、布のようなものが押し付けられる。

「私はあとから」

星の声が遠く聞こえ……そして直央は、意識を失った。


目を開けると、そこは見慣れない空間だった。

灰色の……コンクリートの壁、天井。

裸電球が下がっている、仄暗《ほのぐら》い空間だ。

身じろぎしようとして、身体が上手《うま》く動かないことに気付く。

どうやら、椅子に座らされていて、しかも後ろ手に縛られている。

口は、布で猿ぐつわをされている。

これはまさか……誘拐……？

頭がずきんずきんと痛むが、意識を失う前のことがじわじわ蘇《よみがえ》ってきた。

星だ。

高見原が信頼する秘書である星が……しかし直央のことはあまりよく思っていないように も感じた星が、高見原がいない隙に、直央を連れ出してどうにかしようとしている？

慌てて首を巡らして周囲を見ると、少し離れたところにスチール製の古そうな机があって、その周りに、三人の男が座って煙草《たばこ》を吹かしていた。

体格がよく目つきの悪い男、背が高く眼鏡《めがね》をかけた男、ふてくされたように口を尖らせた小太りの男。

三十代から四十代くらいだろうか。

こっちの世界の基準で美醜がどの程度のものなのかよくわからないが、「悪党に見える」のだけは確かだ。

「お、目が覚めたぜ」

眼鏡の男が、首を動かした直央に気付いたらしい。

「時間ちょうどだ、薬の量がぴったりだったな」

小太りの男が時計を見て頷く。

と、どこかから早足の足音が聞こえてきた。

「来たようだ」

目つきの悪い男がそう言って立ち上がる。

歩いて行った先に鉄扉があって、ノブについた簡単な鍵をがちゃりと開けると、扉が内側に開いた。

サングラスをしているが、すぐに星だとわかる。

「廃ビルとはまた、ベタな隠れ家だな」

眉を寄せた星に、男が肩をすくめた。

「防犯カメラだのを避けるには、なんだかんだで便利な場所なんだよ。で、それはこいつの荷物？」

男が、星が手にしていた直央のバックパックに目をやる。

「自発的な家出に見えるようにしただろうな」

「大丈夫だ」

「ＧＰＳ関係は？」

「ちゃんと考えている。スマホとノートパソコンがあるが、どちらも電源はオフにした。お前たちがこいつをどうにかしてくれたあとで、スマホから社長に別れのメッセージを入れて、それから処分する。お前たちはとにかく、払った金のぶんだけ仕事をしてくれればいい」

星がそう言って部屋を見回し、直央と視線が合う。

「うーうーうー！」

直央は足をじたばたさせ、星を睨《にら》み付けた。

今の会話からわかるのは、星がこの男たちに金を払って、直央を誘拐させ……自発的な家出に見せかけるということだ。

マンションを出るときに、とっさに星にカードキーを渡してしまった……その鍵で、再び部屋に入って直央の荷物を持ち出してきたのだ。

だが直央を「どうにかする」というのはどういうことなのだろう。

「で？　こいつをどう扱う？　二度とうちの社長の前に、姿を現さないようにできると言ったな？」

直央の疑問を、星が代弁する。

男たちはにやにやと笑った。

「これだけの美形はめったにいないからな。こういうのが好きな金持ちは中東あたりに大勢いる。まあ、あんたは具体的に知らないほうがいいだろうよ」

星は頷き、つかつかと歩いてきて直央の前に立った。

「お前が悪いんだ。そこは覚えておけ」

冷たく言い放つ。

「社長の弱みにつけ込んで手玉に取って利用して」

弱みにつけ込む、手玉に取る、利用する……どれもこれも、直央には全く身に覚えのないことだ。

「うーうー」

直央が首を横に振ると、星が眉を寄せる。

「何か言い訳をしたいのか？　社長はお前を、関連会社のワールドドリームツアーで採用するつもりだ。お前が面接で落とされた会社だ」

直央はぎょっとした。

ワールドドリームツアー……それは新興の、バーチャルトラベルの会社だ。

旅行関連の会社に就職を希望し、確かにそこも受けたし……本命でもあった。

ＶＲを利用したものではあるが、実在する旅先でかなりリアルな経験をする旅行を提供していて、直央が好きな「プラン作り」がより自由にできそうだと思ったのだ。

向こうの世界では存在感のなさで面接で落ちたし……こっちの直央は就職に関して、美形過ぎて扱いにくいという感じで全滅だったと言っていた。

だが、その会社が高見原のＩＴ企業の、関連会社だとは知らなかった……！

そして、高見原がそこで直央を採用しようとしてくれていたことも。

「考えがある」というのはそういう意味だったのか。

だがどうして高見原は、直央が旅行業界を志望していると知っていたのだろう……そこは話していないような気がする。

一次面接で落ちたことを社長である高見原が知っていたのだろうか？

だがとにかく、就職のために高見原に取り入って利用したというのは誤解だ。

いや待て。

高見原自身も、直央に向かって、自分のことを「きみにとって私が、なんらかの利用価値がある男なら」とかなんとか言っていなかっただろうか。

まさか高見原も、そう思っているのだろうか？

単なる、高見原の自信のなさ、自己評価の低さから出ている自虐ではなく。

違うのに。

そんなことは考えてもいなかったのに……！

「秘書さまも大変だな」

男たちはにやにや笑っている。

「大事な社長さんが性悪に誑《たぶら》かされてるわけだからな」

「もういい」

星は男たちを振り返った。

「このまま引き渡していいんだな？　売り飛ばした金はお前たちで好きにするといい。その先のことは、私が知る必要はない」

「まあまあ、そう急ぐな」

目つきの悪い、体格のいい男がそう言って、直央に近寄ってきた。

「この美人は、どの程度使い込まれてるんだ？　処女じゃないんだろ？」

「そりゃそうだ、社長が誑《たら》し込まれたくらいだから、相当な手練《てだ》れなんだろう」

吐き捨てるように星が答える。

「だったらまず、具合を見てみないとな……売り手が商品を知らないんじゃ、買い手に失礼だろうよ」

小太りの男が物騒な笑いを浮かべながら直央に近寄ってくる。

「ただの美形じゃなくて、すっげーそそる雰囲気なんだよな。相当なスキモノじゃないのかな。あっちの具合も相当いいんだろうぜ」

直央の顔から血の気が引いた。

まさかこの男たちに……乱暴されるのか。

「お前も好きだな」

眼鏡の男も苦笑しながら近寄ってきて、星は一歩下がり、直央は三人の男に囲まれた。

背後に回った眼鏡の男が、直央を後ろ手に縛っていた縛《いまし》めをほどいた。

反射的に振り回そうとした手はすぐに小太りの男に捕まれ、そのまま床に俯せに引き倒される。

一人が直央の両手首をひとまとめにして摑み、一人が腰に腕を回して抱え込んだ。

それだけで、膝から下をわずかにじたばたさせることしかできなくなる。

「どれどれ」

もう一人の腕が直央のベルトをはずし、いきなりズボンを下着ごと膝まで引き下げ、膝すらも動かせなくなった。

「うー！」

直央は必死に腰を捩ったが、押え込まれてしまう。

「見ろ、この肌」

男たちがごくりと唾を飲み、複数の手が、背中から臀、腿《もも》にかけての皮膚を撫で回し始める。

いやだいやだいやだ、気持ち悪い。

前に回り込んだ手が乳首を探り当てて、いきなりぎゅっと抓《つね》り、直央は猿ぐつわの中で悲鳴を上げた。

「もっと優しくするもんだ」

違う手が乳首をこりこりと弄り始めるが、気持ちの悪さしか感じない。

「おい、今はそんなことに時間をかけるな、後ろの具合だけでいいだろう」

小太りの男の声がして……いきなり、臀が乱暴に押し広げられた。

「きれいなもんだな、使い込まれてる感じはしねえ」

そんな声とともに、いきなり指がねじ込まれそうになる。

「ううう、うー！　うー！」

直央がもがくと、ぴしゃりと臀を叩《たた》かれた。

「怪我《けが》したくなきゃおとなしくしてろ！」

奥へ入り込もうとする指を、身体が反射的に拒み、押し出そうとする。

しかし……

「締め付けは相当よさそうだ」

楽しそうな声が返ってくるだけだ。

直央の目に涙が滲《にじ》んだ。

いやだ。

こんな男たちに自由にされるなんて、いやだ。

あの人以外に……高見原以外に触られるなんて、いやだ……！

と。

突然、ばんっという音がして、直央を押えていた男たちがびくりとしたのがわかった。

浅いところへ入り込んでいた指が引き抜かれる。

「誰だ！」

「社長……！」

男たちの声と星の声が重なった。

まさか、高見原が……来てくれたのか！

「これはどういうことだ！」

鋭く響き渡った声は——間違いなく高見原のものだった。

次の瞬間、男たちが次々に吹き飛ばされるように直央から離れ、そして……

直央は、高見原に抱き起こされていた。

「大丈夫か」

高見原がそう尋ねながら、直央の猿ぐつわを外す。

サングラスをしているが、それでも真っ青な顔色はわかる。

直央は安堵《あんど》感が込みあげてきてほっと全身の力が抜けた。

「だ……大丈夫です」

そう言いながら、急いで膝まで下げられていた下着とズボンを引っ張り上げる。

男たちはというと、高見原に蹴飛ばされたのか投げ飛ばされたのか、尻餅をついたり膝を突いたりしていたのが、素早く立ち上がっていた。

「あーあ、どういうことだよ。これだから素人《しろうと》と組みたかねーんだ」

眼鏡の男の声に、

「なぜ……GPSは……」

星がおろおろと答える。

「あんたの知らないGPSが仕掛けてあったってことだな。ベルトか靴底ってとこか」

小太りの男が言って、他の二人にちらりと視線をやってから、懐に手を差し入れたかと思うと……

ゆっくりと出した手に、銃が握られていた。

直央を抱き締めていた高見原の全身がさっと緊張する。

まさかそんなものまで持っていたなんて。

「離れろ」

小太りの男が銃の先を少し左右に振った。

「おい。社長に危害を加えるな――」

星の言葉を、

「黙れ！」

ぴしゃりと小太りの男が遮る。

「状況が変わったんだから、こっちも考えを変えないとな」

小太りの男は高見原から目を離さずにそう言って、再び銃口を動かす。

「手をあげて、離れろ。言っておくが、本物だからな」

高見原にも、その言葉が本当だとわかったのだろう。

直央に向かって力づけるように小さく頷き、両手をあげてゆっくりと立ち上がる。

「おい、お前はそのきれいな愛人を捕まえとけ」

小太りの男の指示に、眼鏡の男がさっと直央の背後に回ると、いつの間にか手にしていたナイフが直央の頬のあたりに突きつけられた。

ひやりとした感触。

「少しでも動けば、このきれいな顔に傷がつくぞ」

眼鏡の男の言葉に、高見原がびくりとする。

そして目つきの悪い男は、真っ青になっている星の前に立ち塞がっている。

「おい……頼んだのは、こんなことじゃない」

星が震える声で言うと、小太りの男が鼻で笑った。

「臨機応変ってやつさ。もともとあんたの依頼は、そのきれいな愛人さんが、あんたの大事な社長さんの前に二度と姿を現さないようにしてくれってことだったが……そもそも得体の知れない相手に悪事を依頼するのに、自分の手の内を全部明かすもんじゃないぜ。あんたの社長さんが、あの有名なギャラクティカネットの覆面社長だとか、な」

星が唇を噛む。

「星……どうして」

高見原が自分に向けられた銃口から視線を逸《そ》らさずに尋ねると、

「……あなたが……顔のせいで損をしてきた人間にチャンスを与えると言ってくださったあなたが、顔がいいだけの小僧に夢中になってしまったからです……！」

悲鳴のように星が叫んでその場にしゃがみ込み……

「秘書さん、そりゃ仕方ない。このきれいな坊やは特上品だ」

男たちが笑ったが、小太りの男はすぐに真顔になった。

「さて、この状態で一番安全に、一番金を取れる方法はというと、その能なし秘書じゃなくてあんたと交渉することのような気がするんだがな」

高見原と視線を合わせる。

「まず、サングラスを取れ」

高見原はゆっくりと片手をあげ、サングラスを取り、床に落とす。

あれほど他人の前に顔をさらすことを避けている人が、と直央の胸が痛む。

「はっ、これは想像以上だ」

直央の背後にいた眼鏡の男が吹き出した。

「美女と野獣なんてもんじゃない」

ひどい。

直央は唇を噛んだ。

高見原は平然としているが……これまで、こんな経験をどれだけしてきたのか。

そしてどれだけ傷ついてきたのか。

「よし、決めた」

小太りの男が楽しそうに言った。

「あんたに、選択肢を二つやろう。一つは、このきれいな愛人を諦めて俺たちに渡す。俺たちは予定通りこいつを売り飛ばす」

「そんなことができるか」

高見原が唸《うな》るように言った。

「じゃあ、もう一つ。あんたはこの愛人を俺たちから買い戻す。金額は……そうだな、五億、それくらい払えるだろう？」

ばかな、と直央は蒼くなった。

自分にそんな価値があるわけがない。

だが高見原は小太りの男を真っ直ぐに見据えた。

「……いいだろう、どうやって払えばいい？」

「はっ」

小太りの男が吹き出した。

「つまりあんたにとっては、楽に出せる金額ってことだよな。だがそれだけじゃつまらない。取引後に通報されてもたまらないからな、保険として、今ここで、あんたの顔を写真……いや、動画に撮らせてもらう」

高見原がびくりとした。

「動画」

「そうだ」

小太りの男が笑った。

「ギャラクティカネットの謎めいた社長の顔をネットで公開すると、どうなるかな。まず、会社の株は暴落するんじゃないのかな？」

まさか……社長の顔を公開したら株価が下がるなんて、いくらなんでも、と直央は思ったが……高見原がわずかに蒼ざめ、唇を噛む。

この世界では、容姿がそこまでの意味を持つのか。

単にもといた世界と美醜の感覚が違うだけではなくて、高見原が隠し続けてきた顔をさらすということは、それほどのダメージになるほどのことなのか。

高見原は低く言った。

「確かに……私がこれまでなまじ顔を隠してきたぶん、素顔が公開されれば『不細工だから隠れていただけか』と、これまで作り上げてきた謎めいたカリスマ社長としてのイメージは崩れるな。株価に影響もあるだろう」

低く言い、そして小太りの男をひたと見据える。

「つまりその動画を保険として撮らせれば……五億と引き換えに直央を返す、そういうことだな」

「そうだ。動画はいつでも公開できるようにしておく。台本は……そうだな、これまで顔を隠してきたのは、顔がいい連中を見返して復讐するためだ、とかなんとかでじゅうぶんだろう。それを公開すればいつでもあんたのイメージを台無しにできる。うまくタイミングとやり方を見計らえば、会社を潰すこともできる、高性能の爆弾ってわけだ。さて、それでも愛人を選ぶかい？　こいつを俺たちに寄越すなら、動画は勘弁してやるよ」

直央は息を呑んだ。

この男は高見原に、直央か会社かどちらかを選べと言っている。

直央を取れば、この先の脅迫材料としての動画も撮られる。

今払う五億ですむわけがなく、ずっと脅し取られる可能性が残り続ける。

選択の余地なんてあるはずがない。

高見原の事業は、これまでの辛い思いを踏み台にして彼が築いてきた、彼のすべてだ。

動画は……隠し続けてきた素顔を公開されるかもしれないという恐怖が、この先彼にずっとついて回ることを意味する。

そんなことを選べるはずがない。

自分なんかのために。

そして自分も、そんなことは望まない。

だからといってどこかに売り飛ばされるなどごめんだが、高見原のすべてを台無しにするなんてことは、絶対にできない。

だが。

「どうだ？」

小太りの男の言葉に……

「わかった」

高見原は静かに頷いた。

「ではまずこの場で動画か？　カメラは？」

高見原は……直央を取るつもりなのだ、すべてと引き換えにして。

「そっちだ。おい」

小太りの男に指示されて、星の前にいた目つきの悪い男が自分のポケットからスマホを取り出し、高見原はそちらにゆっくりと向きを変える。

本当に撮らせるつもりなのだ、彼にとって最悪な、屈辱的な動画を。

「だめー！」

直央は思わず叫んでいた。

「俺なんかのために、そんなのだめだ！」

「直央」

高見原は直央を見て……微笑んだ。

切なげに。

「いいんだ。私は……きみのためなら、この顔をさらして世界中に蔑まれてもいい」

「だめだ！」

直央は渾身《こんしん》の力を振り絞って暴れ、眼鏡の男の腕を摑んだ。

自分の顔にナイフを突きつけている腕を。

そしてそのナイフの切っ先を自分の顔に押し当てる。

「お、おい」

予想外の動きに、眼鏡の男がうろたえて腕を引こうとするが、直央は離さない。

「そんなんだったら、俺の顔をめちゃくちゃにされたほうがいい！」

このナイフで、頬を切り裂いてしまえばいい。

そうしたら、自分の「美貌」とやらに価値などなくなる。

この男たちにとって……売り飛ばして金になる対象ではなくなる。

自分のために高見原が犠牲になるくらいなら――！

眼鏡の男の腕が動かないので、直央は自分の顔をナイフに近付けた。

「直央、やめるんだ！」

高見原が叫んだ瞬間――

「うおおおお！」

叫び声とともにスマホを構えた目つきの悪い男に背後から飛びかかったのは、星だった。

スマホが床に落ちる音。

同時に小太りの男に高見原が飛びかかった。

ぱん、という発砲音と同時に、高見原が小太りの男を床に投げ飛ばし、男は床の上に仰向けに倒れる。

直央の目に、横腹のあたりを押さえる高見原の姿が映った。

撃たれたのだ……！

「佳道さん……！」

悲鳴を上げて、渾身の力で眼鏡の男を突き飛ばした瞬間、頬にナイフの切っ先の冷たい感触が走る。

だがそのまま直央は高見原に駆け寄った。

「佳道さん、死なないで……」

「大丈夫だ」

高見原はしっかりと横腹のあたりを押さえながら頷いたが、直央の背後を見て叫んだ。

「やめろ！」

次の瞬間、直央の後頭部にがつんとした衝撃があった。

目の前が真っ暗になるのを感じながら、直央の耳は、扉が乱暴に開けられる音と「動くな、警察だ！」という声、そして複数の足音を同時に聞き――

「直央！　直央！」

高見原の声が急激に小さくなって。

そして、目の前が真っ暗になった。


ここはどこだろう。

直央は何もない真っ暗な空間に立っている。

痛みも何も感じないが……上下の感覚もなく、自分の手足がどこにあるのかもわからない。

自分は死んでしまうのだろうか。

高見原には、もう会えないのだろうか。

そもそも高見原は無事なのだろうか。

そう思うと、急に恐怖が込みあげてくる。

「佳道さん……！」

直央が声を振り絞ると……

「直央」

どこか近くで、声が聞こえた。

高見原だ。

「佳道さん！」

直央が叫んで暗闇の中で左右を見回すと……

ぼうっと、人影が浮かび上がるのが見えた。

ひとつ……ふたつ……みっつ……いや、もっと。

「え……？」

直央の周囲に、大勢の高見原が浮かんでいるように見え、直央はぎょっとした。

よく見ると少しずつ違う。

三つ揃いのスーツ姿、上着を脱いだベスト姿、同じスーツでネクタイだけが違う姿がいくつもあったり、寛いだ部屋着姿の高見原もいる。

それだけでなく、髪の分け目や長さが微妙に違ったり……表情も、真剣な顔だったり、少し笑っていたり、さまざまだ。

「佳道……さん……？」

直央は一番近くにいる高見原に向かって呼びかけてみたが、反応はなく、視線も合わない。

これはなんだろう。

どういうことだろう。

「直央」

背後から違う声が聞こえ、直央ははっと振り向いた。

そこには自分の姿があった。

鏡ではない、自分と同じ顔の、もう一人の直央。

「ねえ、直央」

直央に直央と呼ばれて、なんだか妙な気分だが、もう一人の直央が真剣な声音で言った。

「この高見原さんたちの中から、自分の高見原さんを探せる？」

直央は驚いて、周囲の大勢の高見原を見回した。

どういうことだろう……これはみな、「違う」高見原なのだろうか。

この中に「自分の」高見原がいるのだろうか。

「自分の高見原さんを見つけないと、正しい世界に帰れないよ」

もう一人の直央が続ける。

「どれがきみの高見原さん？」

直央ははっとした。

直央はこれまで、世界はふたつあるのだと思っていた……鏡のあっちとこっち。

二つの世界の直央がただ入れ替わったのだと思っていた。

そして二つの世界はじょじょに離れつつあった。

好きな人が違った時点で、全く別の世界になっていたように思う。

もし世界の数が、もっとあるとしたら？

そう、平行世界とか言ったっけ。

直央にとっての「世界」は、飯田ではなく高見原を好きな世界。

その高見原を好きになった直央の世界が、さらにどんどん枝分かれして、一瞬ごとによく似ているけれど微妙に違う平行世界が増え続けているのだとしたら。

どこが自分の世界で……どれが「自分の」高見原なのだろう。

「探して……見つけないと、帰れないの？」

直央が尋ねると、もう一人の直央が頷いた。

「そう。どれがきみの高見原さんなのか、自分で選ばないと」

なんだっけ、こんな昔話だか童話だかがあったな、と直央は思った。

泉に落としたのは金の斧《おの》か銀の斧か、だっけ？

あの場合は……正直に答えれば全部もらえる。

嘘をつくと全部失う。

今の場合……直央は、正しい「自分の高見原」を見つけないと、すべてを失ってしまうのだろうか。

「間違ったらどうなる……？」

心細くなって直央が尋ねると、もう一人の直央は首を振った。

「わからない。でも、どういうかたちでなのかわからないけど……あの人を失うんだと思うよ」

高見原を失う。

どちらかの命が失われて？

それとも、間違った世界に行ってしまって……そこはもしかしたら、高見原が自分のことなど知りもしない世界かもしれない？

そんなのは……いやだ。

「じゃあ、探さないと」

もう一人の直央が励ますように言って、直央はごくりと唾を飲んだ。

一番近くにいる高見原とは、目が合わない。

その隣にいる高見原もそうだ。

それにその高見原がしているネクタイに見覚えはない。

次の高見原は、鼻の横に直央が知らないかすかな傷跡があった。

足元に浮いている高見原、頭上に漂っている高見原、すべての高見原の前に直央は泳ぐように移動し、見つめ続けた。

あの人の目は、どんなだっけ。

あの人の口元は、どんなだっけ。

一つ一つ確かめるように思い出す。

何人かとは、視線が合った。

直央を見て、優しく微笑んだ高見原もいる。

だがその視線には、「直央の」高見原が持つ、悲しい自虐のようなものがなくて、違うように感じる。

一人、直央を悲しげに見つめる高見原がいた。

この人だろうか、思ったが……その悲しさは、直央を失った悲しさのようにも見え、しばらく迷ってから、直央はその高見原の前を離れた。

そして……とうとう、一人の高見原と、真っ直ぐに目が合った。

そうだ、この目だ。

はじめて、高見原のサングラスがはずれ、じかに視線が合ったときの彼の目。

直央の「美しさ」に驚嘆しつつ、直央の目のもっと内側を見つめて驚いたように見えた。

今から思うとあれは、直央が彼の素顔を見ても「拒絶していない」ことに驚いたように思える。

ずっと理不尽な孤独に耐えてきた人の、哀《かな》しさと、強さと、少し臆病な優しさ。

この人だ。

直央は思った。

この人が、「自分の高見原」だ。

そう思った瞬間、すうっと周囲に漂っていた大勢の高見原の姿が消えて、直央は何もない空間に、ただ一人の高見原と向かい合って立っていた。

だが、それだけだ。

高見原は直央を見つめてはいるが、身じろぎもせず、言葉も発しない。

間違ったのだろうか？　そんなはずはない。

ではあと、何が足りない？

「直央……思い出すんだ」

もう一人の直央の、声だけが聞こえた。

「彼にあげる、何かがきみには足りないんだ」

彼にあげる何か。

高見原が……直央から何か欲しいと思っているものがあるのだろうか。

見つめ続けていると、高見原の目がわずかに悲しげに細められた。

その瞳の中に、自信のなさが見て取れる。

自分は彼に、そんな顔をさせるような言動をしただろうか？

直央は懸命に、高見原と出会ってからのすべての会話を思い出そうとした。

彼が自分にくれた言葉、優しさ、注ぎ込んでくれた愛情はすべて思い出せる。

そして、自分が彼に――

そう考えた瞬間、直央ははっとした。

自分はこれまで、彼に何を言っただろう？

どんな言葉を彼に捧《ささ》げただろう？

そもそも「付き合う」最初も、彼に「側にいてほしい」と言われて……赤くなって、なんとなくキスをする流れになって。

それで「付き合う」ことになったのかなと思って。

はじめてのときだって、直央としては本当に思いきって「抑えないでいい」と伝え、そして愛し合った。

そのあとだって……直央が「ほしい」と……

いや、ちょっと待て。

自分は、自分から高見原にもっと直截《ちょくせつ》に「好き」と言ったことはあっただろうか？

直央は必死に思い出そうとした。

好き、と言ったことはある……高見原の「目の色が好き」と。

こちらの世界では「不細工」とされている高見原の容姿をいくら褒めても説得力がないだろうと思いつつ、その不思議な目の色が好きだと、それだけは言葉にした。

だが……容姿のことではなく、高見原という人が好きなのだと、ちゃんと言葉にしたことは一度も――ない！

そのことに気付いて、直央は愕然《がくぜん》とした。

受け取りようによっては……

直央は、褒めるところのない高見原の顔のなかで、かろうじて目だけは褒めてみた、と取れなくもない。

そして「抑えないでいい」とか「ほしい」は……性行為に対しての言葉で……あれじたいを直央は「愛し合う」ことだと捉えていたが、高見原にしてみたら、直央の性欲に応えた、直央が少なくとも自分の身体に欲情してくれた、と受け取れなくもないわけで。

違う！　そんなんじゃない！

だが……一度もちゃんと、彼に「好き」と言っていなかったのは確かだ。

高見原はそれに気付いていて、待っていたのだろうか。

足りないのは、それなのだろうか。

直央は、目の前の高見原の、腕に縋り付いた。

言わなくてはこの人を失う。

そして……言いたい、今、心から言いたい。

「好き……あなたが、好き」

想いとともに、言葉が溢れ出した。

「あなたのすべてが好き、あなたの目だけじゃなくて、声も、あなたの……辛い思いを乗り越えてきたからこそ持っている強さとか優しさも、あなたのキスも、あなたの――すべてが、好き……！」

その瞬間。

目の前の高見原がゆっくりと瞬きをした。

その顔いっぱいに、笑みが広がる。

「直央」

その唇が動いて、直央を呼ぶ。

だがその声がどこか遠い。

「ちゃんと……呼んで……」

そう言う、自分の声もなんだか遠く聞こえ、そして高見原の背後から強烈な光が差して、眩《まぶ》しくて目を開けていられなくなる。

「佳道さ——」

「直央」

「直央」

「直央」

高見原の声が続けて聞こえ、それが次第に大きく力強くなり……


目の前に、高見原の顔があった。

泣き笑いのような表情で、直央を見つめている。

「直央」

それは、現実感のある、しっかりとした、そして直央が大好きな彼の声だった。

「あ……ゆ、め……?」

「気を失っていたんだよ」

高見原がそう言って、直央の手を握る。

ここはどこだろう。

見慣れない天井。

自分が寝ているベッドの傍らに高見原が座っているが、病院で着る検査着のようなものを着ている。

「わかるか？　警察が突入する直前に、眼鏡の男に後ろから頭を殴られたんだ。私は撃たれた気がしたので、とっさにきみを庇えなくて」

撃たれた……そうだ！

直央はぎょっとして上体を起こそうとし、力が入らなくてまた背中をベッドにつけた。

頭がずきんずきんと痛む。

「動かないでくださいね、今先生が来ますから」

ベッドの足元のほうから女性の声が聞こえる。

「佳道さんは……怪我は？」

直央はそれだけとにかく聞きたかった。

高見原は微笑む。

「脇腹をかすっただけだ。出血はあったがたいした傷ではなかった。手当てはすんでいる」

そうなのか、と直央はほっとした。

じゃあとにかく、動画も撮られず、警察が来て、助かったのだ。

自分は気絶していて……あの夢を見ていた。

夢？

本当に夢だろうか……？

自分の中のもう一人の直央が、言うべきことを、一刻も早く言え、とせかしている。

「俺……あなたに言わなくちゃ……ちゃんと、好きだって……」

「うん」

高見原が嬉しそうに、そして照れくさそうに頷く。

「聞こえた、私のすべてが好きだと……言ってくれたね」

夢の中で言っていた言葉は、実際に直央の口から出ていたのだろうか。

そのとき、

「友部さん、気がつきましたか」

高見原の背後から声がして、高見原が立ち上がって一歩下がると、白衣の男性が直央を覗き込んだ。

「ちょっと、目を見ますよ。頭は痛いですか？　吐き気はない？」

医師はひととおりの診察をしてから、

「うん、大丈夫でしょう。念のため少し入院してもらうことになりますが、検査で異常がなければ、何日かで退院できると思いますよ」

高見原にそう言って頷いた。

「ありがとうございます」

高見原が頭を下げ……

医師と看護師が出て行って、部屋に高見原と二人で残される。

「頬は痛まないか？」

高見原が尋ね、直央は反射的に頬に手を当てた。

右の頬がガーゼで覆われている。

「あ」

眼鏡の男が持っていたナイフが、頬をかすめた記憶がある。

「……傷は少し残るかもしれない、ということだった」

高見原の口調に、痛々しげで切ないものが感じ取れる。

「……俺は、顔に傷があったら……こっちではもう美貌じゃない？　俺は全然それでいいんだけど、佳道さんは……いや？」

口を開くたびに頬にかすかな違和感を覚えつつ直央が尋ねると、高見原は一瞬驚いたように眉を上げ、それから苦笑した。

「まさか。きみの顔は本当にきれいだからもったいないとは思うが……きみ自身が気にしないのであれば、私にとってはその傷だって、愛《いと》おしいきみの一部だ」

だったらいいや、と直央は思った。

むしろ顔に傷があることで「完璧な美貌」でなくなるなら、この世界で生きる上の面倒が少し減っていいかもしれない。

「……きみは、本当に違う世界から来たんだな」

高見原が噛みしめるように言った。

「信じてくれた……の……？」

「ああ」

高見原は頷く。

直央から思いがけない告白を受けて混乱した高見原は、一人になって考えたいと言ってホテルに向かった。

そこで彼は、ホテルの従業員に、直央についてあれこれ尋ねたらしい。

そして、直央が「あの日に入れ替わった」と言った日、明らかに直央の様子がいつもと違ったことは、複数の上司や同僚が覚えていた。

サングラスも帽子もなしに出勤してきたのは守衛が見ていた。

ロビーで、客の指名を受けて戸惑っていたり。

危なそうな客に対して全く無防備だったり。

サングラスや帽子やマスクで完全武装の高見原を見て「どうなさったんでしょう」と不審がったことも、フロアチーフの高梨《たかなし》が覚えていたようだ。

そして。

「決定的だと思えることが、私にも思い当たった」

高見原は言った。

「以前……私の、落とし物を拾ってくれたことがあったね。きみはそれをカードケースだと言った。だが私の記憶では、車のキーだったんだよ」

「え……？」

直央は驚いて尋き返した。

「車の……キー？」

「そうだ。あのときは私の記憶違いかと思って聞き流してしまったが、やはりどう考えてもキーだった。茶色の革のカードケースと、金属製のホルダーにつけた黒い車のキー、間違えようがない。そう思ったとき、それこそが二つの世界の違いではないかと思ったんだよ」

そうなのだろうか。

向こうの世界で直央が拾ったのはカードケースだったが、こっちでは車のキー。

これはいつか機会があったら、向こうの直央に尋ねてみたい。

「そう確信したら、きみの、私の容姿に対する反応もついに合点がいった。きみにとって私は、醜い男ではないのだと……こう言いつつ、まだ信じられないような気もするが」

高見原はちょっと照れくさげに、嬉しそうに笑い、その笑みはこれまで見た高見原の笑みの中で一番好きかもしれない、と直央は感じた。

「でも、俺にとって理想の美男だから好き、ってことじゃなくて」

直央はどうしても、これだけは言いたい。

「あっちの世界のあなたは、俺には無縁の、世の中のすべてが思い通りになる完璧な人に見えたけど……遠い、俺には無縁の人だった。こっちのあなたは、容姿のせいでいろいろ辛い目にあってきたからこそ……人の心がわかる、優しくて強い人なんだって思うから……」

「うん、ありがとう」

高見原は頷く。

「あとね、俺、どうしてもこれだけ言いたくて」

直央は続けた。

この世界に来てからずっと抱いていた違和感を、今なら言葉にできる気がする。

「こっちの世界、俺はあなたに会えたから気に入ってるけど、なんていうか、顔のことばっかり気にしすぎてる気がするんだ」

前の世界でだってもちろん、顔がよければ楽に生きられる、という面はあっただろう。

だが、経営者の顔が悪いと株価が落ちるとか、さすがにそれは「どんだけ？」と思う。

もちろん自分は、高見原のことを超イケメンだと思っていて、その顔が好きだし、そんな人が自分なんかを好きになってくれたことが嬉しい。

そして高見原は直央のことを超美形だと思って、そんな相手が自分を受け入れてくれたことが嬉しいと言っていた。

どっちも、自分の価値観で相手を「美形」だと思っているということは、どっちも自分が生まれ育った世界の価値観に縛られている、ということでもある。

だがそれはどうしようもないことだ。

「俺たち、お互いに、自分なんか……って思ってるでしょう?」

直央は考え考え言った。

「でもそれって、違う世界に行けば、お互いに自分のことを棚に上げた超面食いってことになるし、どこかもっと違う世界だとどっちもすごいゲテモノ趣味ってことになるのかもって思う」

直央の言葉を無言で聞いていた高見原が、吹き出した。

「ああ……ああ、そういう考え方もあるんだな。私たちはお互いに、面食いでありゲテモノ趣味でもあるのか」

言いながら、笑い出している。

オルガンの低音のような笑い声が、耳に心地いい。

だがすぐに高見原は真顔になった。

「そうだな、だったら……私もきみに対して、余計な自己卑下はやめよう。疑心暗鬼になっていたことも、謝らなくては」

「疑心暗鬼……？」

「きみが、私を……まあ、何かの意味で利用しようとしているのではないだろうか、と。私はそれでもいいと思ったんだが、それはきみに対して失礼な考えだった」

「あ！」

利用、という言葉に直央ははっと思い当たった。

「ワールドドリームツアー！　佳道さんのところの関連会社って、本当に⁉」

「うん、やはりきみは知らなかったんだな」

高見原は頷いた。

「きみが……こちらの世界のきみが、かな。ドリームを受けていたことは、星が調べて私に知らせてきた。それは……ちょうど私が、きみのノートを見つけてちょっと覗いてしまった直後でね。これも謝らなくてはいけないが」

自分のマンションから私物を持ってきた日、ノートを眺めてあれこれ考えつつ、帰りが遅い高見原を待っている間に眠ってしまった。

朝起きたら、ベッドに運ばれていた。

あのとき高見原は、開きっぱなしになっていたノートを目にしたのだろう。

「ちょっと驚いたんだよ、面白い発想がいくつもあって。たまたま開いてあったところに、梅雨《つゆ》時の旅行の企画があっただろう？　目的地に行けない場合の、プランBやプランC。それが、宿から一歩も出ないのに、むしろ晴天だったとしてもそちらを選びたいくらいの充実ぶりで……現実には宿の都合など、クリアしなくてはいけないことはあるが、バーチャルなら面白い企画になりそうなものがいくつもあった」

大学生になってからはノートパソコンを使っていたから、あのノートに書いてあったのは小学生から高校生にかけて考えついたものだ。

それを、高見原は面白いと思ってくれたのだ。

「だから、本当はすぐにでも、きみをドリームのほうに紹介したいと思ったのだが……星に、慎重に考えたほうがいいと言われてね。彼は彼で、私以上に、きみが私をただ利用しているのだと警戒していたのだろう」

高見原が声を落とす。

直央は、星のことを思い、胸がずきりと痛んだ。

直央の想像では……彼に、高見原のことを「愛しているのか」と尋かれ、直央がとっさに答えられなかったことで、彼の疑惑が増したのではないか、という気がする。

それでも直央は、あの場で高見原以外の人に対して、その重い言葉を発することはできなかった。

「星さん……は、今……？」

「警察だ。なんらかの罪に問われることにはなるだろう」

高見原は声を落とした。

「彼が……きみにしようとしたことは、許されることではない」

それは確かにそうなのかもしれないが。

直央は、高見原の手に、そっと自分の手を載せた。

「でも……佳道さんのことを思って……だったんですよね……?」

高見原は、ふう、とため息をつく。

「私は彼を信頼していたが……プライベートなことまで彼にあんなに任せるべきではなかったのだろう。彼があんなにきみを警戒しているとは、あそこまでとは、思わなかった」

直央はふと、それは嫉妬だったのかもしれない、という気がした。

もしかしたら、星は……高見原を。それで、直央を。

だがそれは、自分が今口にすべきことではない、という気もする。

「それでもこれまで別に、彼に汚れ仕事をさせていたわけではないからね。彼はとにかくきみを私の前から消してしまおうと思い、おそらくネットで、そういう仕事を引き受ける相手を探したのだろう。そしてたぶん本人は適当な小悪党を見つけたつもりが、実際には背後に組織がある厄介な連中を引き当ててしまった、ということのようだ」

確かに、直央を売り飛ばすにしても組織的なルートが必要な気がするし……高見原が現れたときに、とっさにそれこそ「プランB」に切り替えた早さも、慣れた感じがした。

星も、まさか高見原に危害が及ぶようなことは想像していなかったし望んでいなかったからこそ、あの混乱のとき、動画を撮ろうとしていたスマホを叩き落としたのだ。

「そういえば」

直央はふと思った。

「佳道さんは、どうやってあそこに？」

「ああ」

高見原はちょっとばつが悪そうな顔になる。

「連中が言い当ててくれたよ。その……きみの靴の底に、ＧＰＳを仕込んだ……自分でもやり過ぎという気はしたので、星にも言わずに」

直央は思わず瞬きをした。

靴……そういえば服はいろいろ買ってもらったが、靴は足型がわからないとかで「足の現物がないと買えない」と言われ、直央がもともと履いていたスニーカー一足しかなかった。

あの中に、いつの間にか。

「うちの会社は企業のセキュリティシステムを手がけている延長で、個人的なセキュリティアプリも開発しているからね。きみの不自然な移動はすぐに感知して……自分で動くのと同時に、通報もしてあった」

それで、高見原はあそこに現れ……あのタイミングで警察も来てくれたのだ。

「……私のやり方に、きみは引くかい？」

高見原がおそるおそる尋ねるのを見て、直央は思わず笑顔になった。

「ううん、嬉しい、すごく嬉しい……！」

高見原が直央を心配するからこそしてくれたことで、引いたりなんかするわけがない。

高見原はほっとしたように微笑む。

「……さあ、もういいかな」

高見原は穏やかに言った。

「きみはもう少し休んだほうがいい。退院したら、一緒に帰れるから……帰ってくれるね？」

高見原のマンションに。

もちろんだ。

そして直央は実際、少し疲れて眠くもなってきている。

だが眠る前に、これだけは言いたい、言ってしまいたい。

「あの、俺ね……あなたを、愛してる」

星に尋かれたときには言えなかった、しかし今は自分の中で確信している想い。

高見原は驚いたように目を見開き、それからゆっくりと、幸福感に溢れた、輝くような笑みになる。

「私もだ。きみを愛している」

低い、しかし熱を籠めた声音で高見原が言って……

そしてゆっくりと横たわる直央の上に覆い被さり、そしてそっと唇を重ねた。


数日後、直央は無事に退院できた。

そしてその数日の間に、高見原は驚くような手を打っていた。

世間に顔をさらしたのだ。

事件そのものは隠しようがなく、「話題のＩＴ企業の、謎の覆面社長の恋人が誘拐されたが、社長自ら乗り込んで救い出した」というニュースになってしまった。

そこで高見原は自ら顔出しの取材に応じたのだ。

彼は、これまで覆面を通していた理由を「自分の臆病さから」と告白し、そして「顔を隠し続けることが自分にとってのリスクになってしまったことを、今回思い知った」と言った。

誰かに「顔をさらす」と言われることが脅迫材料になるということは、覆面を通し続けることで、大切な人や自分の会社を危険にさらすということだ。

会社が危なくなるということは、取引先に迷惑をかけることにもなるし、何より従業員の生活を守れない。そのリスクを回避するために、今回、顔を出すことを決意した、と。

すると……それはおおむね好意的に受け止められたのだ。

この世界ならではの反応で、「あんな顔なのに」大切な人や従業員のために顔を出したというのが、大変な自己犠牲として受け止められたらしい。

直央も病院でSNSの反応などを見ていて「あんな顔」というのは大いに不満だったが、それでも好意的なコメントそのものは嬉しかった。

何より、株価が急上昇したことが痛快だ。

後追いのゴシップ記事などでは直央のことを「美貌のホテルマン」だの「魔性の美青年」だの「愛のためにその美貌に傷をつけることを厭《いと》わなかった」だの、直央が吹き出してしまうようなことも書き立てられたし、以前ホテルで遠くから隠し撮りをされたらしい（ということは、向こうにいるもともとこっちの直央の）ぼやけた写真も出回っていたが、まあそれは気にしないことだ。

違う話題が出てくれば、噂はいずれ消えるだろう。

というわけで、退院は病院側の配慮もあり、日没後に裏口から、目立たない車で、二人ともサングラスや帽子で変装して、ということになったが、それはそれでまあ、非現実的な面白さはあった。

「さあ」

高見原のマンションの部屋に帰り着き、リビングに入ると、高見原は嬉しそうに直央を見て、両手を広げた。

「お帰り、直央」

「ただいま……！」

直央はその腕の中に飛び込んだ。

力強い腕、逞しい胸が直央を受け止めてくれる。

彼の背中に直央も腕を回し、しばらく二人は抱き合っていた。

「さて」

やがて、笑みを含んだ声で高見原が言った。

「このまま一晩じゅう立ったまま抱き合っているかい？　それともいったん、食事にでもするかい？」

「……それもいいけど……」

直央は、もっとしたいことがある。

高見原の腕の中で、直央は顔を上げ、思い切って言った。

「あの、一緒にお風呂、入りたい」

「風呂？」

高見原が眉を上げる。

「一緒に？」

「うん、そして、俺があなたを洗ってあげたい」

今までも、一緒に入浴したことはあるが、たいてい高見原が直央を甘やかすように洗ってくれることばかりだった。

風呂だけではなく……すべてにおいて、自分は受け身だった、と直央は思う。

「俺、もっと、あなたにいろいろしてあげたい」

風呂で彼の背中を流すのは、その一歩だ。

「それは嬉しいが」

高見原が意味ありげに声をひそめる。

「一緒に風呂に入ったら……それだけですむとは思えないんだが」

「……うん」

直央は、赤くなりながら言った。

「俺だって……したい。俺、あのね、あなたとするの……すごく好きだ」

高見原とだから。

賊の三人に触られたときにあったのは、すさまじい嫌悪感だった。

高見原だからこそ、触れてほしいし、触れられたら気持ちいいのだし、自分から触れたいとも思うのだ。

「……全く、始末が悪い」

高見原がちょっと困ったように呟く。

「今ここできみを床に押し倒してしまう前に、とっとと風呂に行くべきだな」

そう言って直央の身体を離し、直央が着ている仕立てのいいしゃれた上着を脱がせ、シャツのボタンをはずしていく。

直央も、高見原の上着とベストとシャツのボタンをはずし、全部まとめて腕から抜いて床に落とす。

互いにすべてを脱がせ合ってから、高見原は直央を抱き上げ、バスルームに向かった。

驚いたことに、バスルームには鏡が設置されていた。

「どうしたの、これ？」

「私も少し、自分の顔と和解していこうかと思ってね」

ああ、そういう気持ちになれたのだ。

それが直央には嬉しい。

「……ほら、これが……私から見れば美女と野獣だが、きみの目からは違う二人に見えるんだな」

高見原は直央と並んで、鏡の前に立つ。

直央から見たらやっぱり、顔も身体も男らしい完璧な超イケメンと、さえない目立たない平凡な若者だ。

そして、鏡に映る直央の右頬、耳に近いあたりに、三センチほどの傷が走っている。

今は赤く盛り上がっているが、そのうち白い筋になるだろうと医者は言っていた。高見原の脇腹にも、銃弾がかすめたらしい、浅くはあるが赤く生々しい傷がある。どちらも名誉の負傷だ。

「傷……洗ってもしみない？」

「大丈夫だ。きみの傷は？」

「顔を洗うとき、ごしごし擦らなければ大丈夫」

二人は向かい合った。

「……湯を張るのはあとにしよう、今はシャワーだけ」

高見原の声に、抑えた熱が籠もっているのを感じ、直央の身体の芯《しん》にもぽっと炎が点《とも》る。向かい合い、口付けながら手探りでボディーソープのノズルを押し、互いの身体を素手で探り合う。

高見原の身体に泡を塗りつけながら、直央は「気持ちいい」と思った。彼の張り詰めた、滑らかな筋肉の流れが掌に心地よく、その心地よさに次第に興奮が混じり出す。

直央の身体も、彼の大きな掌にまさぐられ、体温が上がる。

掌で胸全体をくるくると撫でられただけで、泡の下から乳首が赤くぷっくりと立ち上がってくるのがわかる。

彼の手が背中から臀にかけてを撫で下ろし、泡をまとった指が狭間を行き来し出すと、それだけで直央の息が上がってくる。

狭間を何度か往復した指が中に入ってくることを期待して直央のそこが勝手にひくついたが、指はするりとそこから離れ、今度は前に回った手が、直央の半ば勃ち上がりかけたものをゆっくりと扱き始める。

ぬるついた感触がもどかしくて、直央は高見原に身体を擦りつけ――

「あ、ま、待って！」

はっと我に返って、直央は高見原の胸を両手で押した。

「直央？」

「そうじゃなくて、あの、俺がしたいっ」

このままだとまた、ただただ高見原のなすがままに、我を忘れてしまう。

その前に。

直央は、泡のついた手を、高見原の腹から下に辷《すべ》らせた。

そこはもう、明らかに力を持ちはじめている。

軽く握っただけで、むくりとさらに頭を擡《もた》げる。

両手でやわらかく握って軽く動かすと、高見原がくっと息を呑んだ。

「く、そ……視覚にくる、な」

抑えた掠れ声に、直央の腰の奥が熱くなる。

自分が何かすることで、相手が感じる。

それが、こんなに嬉しくて、そして自分も興奮することだなんて、知らなかった。

「そこ、に」

直央は高見原を浴槽の縁に座らせると、シャワーを直接当てないように気をつけながら腰回りの泡を洗い流し……

そそり立つものを見て、ごくりと唾を飲んだ。

明るいところで、こんなふうにまじまじと見るのははじめてかもしれない。

直央のものとは比べものにならないくらい長く太い凶器、これがいつも自分を貫くのだと思うと、身体の芯がざわざわしてくる。

ほしい。

だが今は……その前に……

直央はそれを両手で握り、顔を近寄せ……思い切って唇をつけた。

「……っ、無理をするな」

高見原が言ったが……

「無理じゃなくて、したい……上手にできるかどうかわからないけど」

直央はそう言って、唇を開き……ぐっと彼のものを咥え込んだ。

高見原がしてくれることを思い出しながら、ぬるつく滑らかな先端をぎこちなく舐める。

唇をすぼめ、根元まで咥え込もうとしたが、半ばまで飲み込んだだけで先端が喉の奥に届いてしまう。

彼の大きさを、長さを、かたちを、熱を、口の中で確かめることが……

気持ちいい。

彼を自分の中に受け入れるということそのものが、気持ちいい。

完全に咥えることは無理だとわかって、一度口から抜き出し、今度は先端を舐める。

先端からにじみ出る、塩気を含んだぬめりを、直央は夢中になって舐め取り、舌で幹まで塗り広げ、そしてまた先端に戻って舌先で張り出した部分を味わう。

そうしながら、直央は無意識に腰を揺らしていた。

まるで……口で感じていることを、同時に腰の奥でも感じているかのように。

と、高見原が身を屈め、自分の前に跪いている直央の背中を撫で下ろし、指が狭間に入ってきた。

さきほど指先で撫でられて期待にひくついていたところに、指が入ってくる。

驚くほどすんなりと、彼の指が中に入ってくる。

とはいえ中はきつく、どうしてもその指を締め付けてしまうが、指の腹が内壁を撫でながらぐるりと回された。

「んっ……っ」

高見原を含む唇から、甘い声が洩れる。

指の動きに合わせて、腰が勝手に動き出す。

彼を愛撫するほうがおそろかになりそうで、直央は再び彼を深く咥え直し、高見原のものがさらに体積を増して、びくりと震え――

「待、てっ……！」

高見原が直央の頭を押しやるようにして、身体を離した。

「え……？」

直央は少しぼんやりと、高見原を見上げた。

唇の端から、彼の先走りと自分の唾液が混じり合ったものがたらりと零れる。

「全く」

高見原が堪えるように眉を寄せた。

「どこまで私の限界を試すつもりだ」

高見原はそう言って立ち上がりながら、直央の腕を掴んで一緒に立たせると……

直央を後ろ向きにして前面を鏡に押し付けるようにし、背後から腰を押し付けてきた。

「あ……っ」

狭間に、たった今まで直央の口の中にあったものが擦りつけられる。

そして、高見原の指がほぐしていた窄まりに、押し付けられる。

ぐぐ、っと……高見原が入ってきた。

まだ浅いところを慣らされただけのはずなのに……直央のそこはやわらかく道を開き、一気に最奥を突かれる。

「あ――!」

直央は悲鳴をあげて上体をのけぞらせた。

ぞくぞくぞくっと全身が震える。

立ったまま、後ろから、こんなのははじめてで……

高見原が直央の腰を両手で摑み、ぬくりぬくりと深い抜き差しをはじめた。

「あっあっあっ」

直央は目の前の鏡にすがりついた。

胸がつるつるとした鏡に押し付けられて辷り、乳首が押し潰されて、こんな刺激も快感になるのだと知る。

互いにちゃんと触れることのできなかったこの数日を、自分も彼も、こんなにも待ち焦がれていたのだとわかる。

「直央、直央……っ」

高見原が呻くように直央を呼び、直央はどうしても閉じてしまう瞼を押し開けて目の前の鏡を見た。

自分の、上気した頬、とろんとした瞳、半ば開いた唇の、なんともいえないいやらしさ。

そして、背後に映る高見原の、眉を寄せ、目の縁を上気させた……堪えるような、おそろしく艶っぽい苦しげな顔。

最中の彼の顔を、こんなふうに見るのもはじめてだ。

「あ、あ、佳道さ……っ」

鏡の中で、目が合った。

高見原の瞳に、獰猛《どうもう》な熱が見える。

「このまま……私を見ているんだ」

唆すように高見原が言って……

鏡越しに視線を合わせたまま、高見原の動きが強く、速くなり……

「く——」

彼がきつく眉を寄せ、「そのとき」が来たのだと直央にはわかった。

同時に自分の中でも、渦巻いていた溶岩のような熱が出口に向かって一気に押し寄せて。

「あ——あ、あ——」

とうとう目を開けていられなくなり、きつく瞼を閉じながら、直央は自分の中の彼が脈打ちながら熱いものを吐き出すのを感じた。

同時に直央自身も、鏡に向かって白いものを吹き上げる。

頽《くずお》れそうになる直央の身体を、高見原の腕がぐっと支えてくれる。

「……はっ……あ、ぁ……っ」

荒い息をついている直央の中から、ずるりと高見原が自身を抜き出した。

「あっ」

余韻で震える身体に、それがさらなる刺激となって甘い息が出る。

「直央」

高見原が背後から直央を抱き締めた。

「家に帰ったら、まずはベッドでゆっくり、と思ったのに……きみが煽るから」

甘くからかうような声。

だが直央は、その声の中に、まだ熱が籠もったままだとわかった。

首をひねって振り向き、鏡越しではなく、じかに目を合わせる。

グレーと茶色が混ざったような、直央が大好きな、不思議な色の瞳。

この世界で、自分だけがその美しさを知っている、美しい瞳。

「じゃあ……今度は、ベッドで」

言ってしまってから、直央は赤くなった。

「って、俺、ひどいかも……もしかしてすごくエッチなのかな」

高見原が吹き出した。

「エッチかもしれないが、ひどくはない」

そう言って、額と額とつけてにっと笑う。

「私のほうが、たぶんひどい。このままベッドに運んで、せっかくきみがこんなに積極的なんだから、たとえば今度はきみが上になってくれたらいいとか、いろいろひどいことを考えているから」

自分が上に。

それもまだ、知らないやり方だ。

直央は腰の奥がまたずくりと疼くのを感じ……

「じゃあ……もっとひどいの、教えて……？」

意図したよりも甘えた口調になってしまってさらに顔を赤くした直央に、

「言ったな」

高見原は企《たくら》むように微笑んで、直央を抱き上げると、蹴飛ばすようにバスルームの扉を足で開け、寝室へと向かった。


さて、その後。

星は、直央と高見原が「厳罰を望まない」旨を訴えたので、おそらくそれほど重い罪にはならない見通しだが、さすがに職は辞した。

そして一人抜けた秘書チームに、見習いとして直央が入った。

星が言っていたようにこの世界では美形ではないが、直央にとっては美形揃いの先輩たちは、「顔に傷を作ってまで社長への想いを貫こうとした」とかなんとかで、直央を温かく受け入れてくれた。

高見原の側で高見原の事業全般についてあれこれ学びつつ、いずれはグループ企業内での横移動のような感じで、トラベル関係に携わるようになることが目標だが、焦る必要はないと言われているし、直央もそう感じている。

今はしばらく勉強のときだ。

そしてもう一つ。

直央が住んでいたマンションは、高見原が「投資物件」としてまるごと買い取ってしまった。

後付けでオートロックにしたりしてセキュリティを強化し、直央の部屋は、そのままキープしてある。

直央は好きなときに部屋に行って、向こうの直央と話ができる。

だが、向こうの直央も飯田との交際がうまくいって引っ越しを考える段階に入ったら、その後のことはまた考えなくてはならないだろう。

二人とも、いつかそのときが来たら自分たちはそれぞれ今いる世界で、一人で生きていくことになるのだろうと覚悟はしている。

だからそれまで。

時折顔を合わせて、互いに「うまくいってる？」「いってるよ」「幸せ？」「うん」という会話を交わして頷き合う。

今の直央にとって、「自分の」高見原がいるこの世界が「ただひとつの現実」なのだから。

それを確認して高見原のもとに戻っていくのが直央にとっては一番の幸せで……

これはつまり、「めでたしめでたし」なのだった。

鏡よ鏡

高見原《たかみはら》は、ふと目を覚ました。

カーテンの隙間から月明かりが洩《も》れている。

視線を自分の隣に移すと、高見原の二の腕に頭を乗せるようにして、直央《なお》がすやすやと寝息をたてていた。

月明かりが直央の顔半分に濃い陰《かげ》を作りだし、もう半分がぼんやりと浮かび上がっているように見える。

——美しい。

これほどまでに完璧な、造形の美というものがこの世にあるだろうか。

顔の輪郭《りんかく》、眉のかたち、鼻筋、唇の、まさに中庸《ちゅうよう》の美しさ。

目を閉じているのではっきりとわかる睫《まつげ》まで、多すぎず少なすぎず、もっとも美しく見える数を無造作に保っているように見える。

無造作。

そう、直央の顔立ちの美しさは、この顔を作った誰かが細心にパーツを選び念入りに作り上げたものというよりは、試みに、全く気負わずに、ただただ美しいと感じるものだけを無造作に組み合わせた結果、完璧なものができあがってしまった、という感じがする。

だからこそ無二なのだ。

その無造作な感じは直央自身の内面の反映でもあるだろう。

直央は自分が「美しい」ということをいまだによく納得できずにいるようだ。

高見原が直央の美しさを口にすると、嬉しそうな顔をしつつも、どこか照れた、居心地の悪そうな笑みを作る。

高見原が心からそう言っていることはわかるものの、それが自分の中で腑《ふ》に落ちていない、とでも言うかのような。

そこがまた直央の魅力だ。

もちろん、美醜の価値観が違う世界から来たからだ……と、それは高見原も理解してはいる。

頭では。

それでもやはり、直央がこれまで自分が美しいということを全く知らずに生きてきた、というのはどうにも不思議な感じだ。

直央の顔を見つめながらそんなことを考えていると、直央の瞼《まぶた》がゆっくりと開いた。
二、三度、焦点を合わせようとするかのようにゆっくりと瞬きし、そして高見原の顔を見上げる。
その瞬間直央の瞳に、感嘆が浮かんだ。

それがゆっくりと喜びに変わり……そしてちょっと照れたように、目が細められる。

「佳道《よしみち》さ……起きて、た？」

「ああ」

高見原も微笑んだ。

「直央の顔を見ていた」

「や」

直央が恥ずかしそうに、高見原の胸に顔を埋める。

高見原は眠るときに寝間着の上を着ないので、裸の胸に、じかに直央の頬《ほお》の温度を感じられて、それが心地いい。

そのまま黙って、互いの体温を味わう。

夜中に目覚めてしまったときは、こうして黙って抱き合っていると、また心地いい眠りの中に入っていくことができることを二人とももうよく知っている。

「……あ」

もう半分眠りに戻って行きかけているような声で、直央が言った。

「明日」

明日は二人で行くところがある。

眠る前にそれをちゃんと確認していなかったことを思い出したのだろう。

「ああ、わかっている」

高見原がそう言うと、直央は「ん」と返事なのだかどうだかわからない声を出して、そのまま寝息を立て始め……それを心地よく感じながら、高見原も再び眠りに落ちた。


「では、今日はこのまま出て直帰する」

高見原は秘書室長の原田《はらだ》に声をかけた。

星《ほし》がいなくなって、秘書チームの中でも古株の原田が室長に昇格した。

星が抜けた穴は痛いし、彼がいなくなったいきさつも高見原にとって苦いものではあるが、新しい体制は問題なく動き出している。

これまで星一人に頼りすぎていた反省が高見原の中にあり、「星さんにしかわからないから」と秘書チームが思い込んでいた部分を全員に共有してもらうことで、秘書チームの一人一人とより信頼関係がしっかりとしてきた。

そんな中、その秘書チームに配属された直央もチームに快く受け入れられたことは、高見原にとって嬉しい驚きだ。

何しろこれまでは秘書チームも、「能力はあるのに容姿のせいで損をしている」人間であることを基準に選んできたからだ。

高見原自身が「頭はよくてもあの顔じゃ」「能力は認めるが、あの顔では」と苦い思いを散々味わってきただけに、同じ思いをしている者にチャンスを与えたいと思ってきた。

ていたのだ。

だから、類を見ない美貌を持った直央の存在は彼らにとって複雑なものではないかと恐れていたのだ。

だが直央の存在は秘書チームの意識を変えたように思う。

直央の気配り、嫌みのない謙虚さが逆の意味で「あんな顔なのに」という驚きを彼らに与え、ようやく「顔の問題じゃない」という認識が生まれてきた感じがするのだ。

その直央は秘書チームの中の「雑用係」という一番下っ端のポジションで頑張っていて、高見原の外出にも同行することが多い。

もちろん直央とのいきさつはニュースにもなってしまったから、秘書たちは直央が高見原の「特別な人」であることは知っている。

かたくなに覆面を通してきた高見原がとうとう世間に顔をさらしたのが、直央のためであるということも。

しかし直央本人はきちんと自分の立場をわきまえていて、「公私混同」という目で見られないよう、会社では高見原に対してきちんと一線を引いている。

むしろ高見原のほうが、仕事をしている直央をついつい目で追ってしまい、目尻が下がるのにはっと気付いて表情を引き締めなくてはいけないくらいだ。

「はい社長、お疲れさまでした。友部《ともべ》くんもだね、お疲れさま」

原田が直央にも声をかける。

そう、たまのことではあるがこうやって二人で少し早上がりをするのを、秘書たちが自然に受け入れてくれているのもありがたいことだ。

「では、何かあったら連絡を」

そう言いながら高見原が部屋の出口に向かうと、扉をきちんと開けて待っていた直央も、高見原を通したあとで「お先に失礼します」と頭を下げて、廊下に出てくる。

人気のない廊下でも直央は当たり前のように一歩下がって歩き、エレベーターホールに来るとすいっと前に出て、ボタンを押す。

こういう自然な動きはホテル勤務で身についたものだが、それは控え目で気配りのできる秘書としても役立つものだ。

ビルの駐車場で高見原の車に近寄ると、高見原が運転席に、まだ免許を持っていない直央が助手席に座る。

高見原はサングラスをかけ、直央もフレームが太いだて眼鏡をかける。

まあ、変装だ。

ついに「謎の覆面社長をやめて世間に顔をさらした」とはいえ、常にその顔を人前に出していたいわけではない。

直央と一緒ならなおさらだ。

だがそれはコンプレックスから顔を隠したいという意味ではなく、ある程度世間に知られてしまった自分たちを目立たないようにしたい、という感じだ。

高見原のサングラスと直央のだて眼鏡くらいでも、その程度の効果はある。

車が広い通りに出ると、高見原は軽く息を吐いた。

「……少し緊張するな」

直央が高見原の横顔を見て微笑む。

「大丈夫です、緊張しないでください」

「そうは思っているんだが」

これから二人がどこに向かい、何をしようとしているのか……それを考えると、やはりどうしてもあれこれ考えてしまう。

いや、決して「気の進まないこと」をしようとしているわけではないのだが。

行き先は、もう何度こうして通ったかわからない、直央がもともと住んでいたマンションだ。

今は高見原がまるごと買い上げて所有している。

駐車場を設けられるスペースはないので近くにあるコインパーキングに車を駐め、二人はマンションに入った。

高見原の所有になってからオートロックにするなどセキュリティを強化した。

とはいえ、直央自身はもう高見原のマンションで一緒に暮らしているのだから、意味がないといえばそうなのだが。

駅から多少遠い立地ではあるが「安全」を売りにできるおかげで女性の入居者が増え、常に満室だ。

そして二階の一部屋……もともと直央が住んでいた部屋だけは、空室にしてある。

直央は鍵を開けて中に入り、高見原も続いた。

扉の内側には後付けの鍵がいくつもついているが、最近は無用のものになっている。

それでも高見原は一応それをかけ、部屋に入ると窓の鍵も確認した。

この「直央」……もともとここに住んでいたこちらの世界の直央ではない、向こうの世界から来た直央が不審者に襲われかけたのは一度きりで、直央自身にはトラウマはないようだが、高見原のほうが用心してしまう。

「あ、もうそろそろです」

スマホで時間を確認した直央が高見原を見た。

「じゃあ、俺が先に入りますね」

高見原が無言で頷くと、直央は部屋の一角にある二つ折り扉を開けた。

シャワーブースの扉だ。

バスタブのない、半畳ほどのシャワーブース。

そしてこの部屋で唯一、鏡があるスペース。

高見原が部屋の中で待っていると……

「あ、いた」

直央の明るい声がシャワーブースから聞こえた。

「早かったね」

「そっちも」

答えたのは、全く同じ、直央の声だ。

「なんだか待ち遠しくて」

「ね、楽しみだよね」

声だけ聞いていると、一人で会話をしているようにしか聞こえない。

「連れてきてくれた？」

「うん。じゃあ早速？　佳道さん、来て」

自分を呼ぶ声に、高見原の緊張がにわかに高まった。

そう。

高見原ははじめて、向こうの直央に会おうとしているのだ。

それは、以前から二人の直央の間で出ていた話だった。

向こうの――もともとはこちらの――直央が、高見原にも会ってみたい、と。

そもそもそれは可能なのか。

平行世界で入れ替わってしまったらしい二人の直央は、この部屋のシャワーブースの鏡を介してだけ、会い、会話をすることができる。

だが第三者も、鏡に映っているのではなく鏡の向こう側にいるもう一人の直央を認識し、会話することができるのかどうか。

高見原も、そこには興味がある。

もしかしたら第三者が立ち会うと、鏡はただの鏡になってしまうのかもしれない。

直央たちも、それを確認する意味でも、まずは高見原に試して欲しいようだ。

だが……高見原には、それはそれとして、緊張する理由が他にもある。

自分は、向こうにいるもう一人の直央を見たら、どう感じるのだろう。

自分が愛している直央と、ほとんど同じ存在。

同じ顔をして……そしてどうやら、性格もほぼ同じ。

違うのは、互いが育った世界の美醜の感覚だけ。

もちろんその「だけ」はかなり大きい問題であるはずだが。

向こうの高見原とこちらの高見原は、自分が顔も含めて無欠の存在であるという自信を持っているか、顔にコンプレックスを抱いて生きてきたかでかなり性格が違うようだ。

そして、両方を知っている直央は、痛みを知っている「こちらの」高見原だからこそ好きになったのだと言ってくれる。

しかし、高見原自身は？

性格もほぼ同じ二人の直央を目にしたとき、「自分の」直央がどちらなのか本当にわかるのだろうか？

直央のことは、好きなどという言葉では足りないくらいに愛している、大切な、ただ一人の特別な存在だ。

だがその存在が……全く同じ存在が二人いたら。

自分が、二人を区別することができなかったら。

直央は自分に失望するのではないだろうか。

いや、それより前に自分が自分に失望することだろう。

そんなことはない、自分には自分の直央がわかる、と九十九パーセントの自信を持って言えるような気がするのだが、そこに根拠はなく、残りの一パーセントが高見原を不安にさせているのだ。

直央は高見原のそんな不安には気付いていないだろう。

気付かせないように振る舞っているのだから。

直央は、親友に自分の恋人を紹介するような感覚でいるように見える。

「佳道さん？」

シャワーブースから顔を出した直央に再び呼ばれ、高見原ははっと我に返った。

そうだ。

躊躇《ちゅうちょ》していても仕方ない。

高見原自身、向こうの直央に会ってみたいという気持ちはもちろんあるのだから。

「ああ、じゃあ……入るよ」

思い切って、シャワーブースの中に足を踏み入れる。

何しろ半畳くらいのスペースしかない空間なので、直央が反対側の壁にへばりつくようにして場所を空ける。

左手に、鏡。

高見原は思い切ってその鏡に向かい合った。

高見原の頭頂部が少し切れるくらいの高さ、下は胸のあたりまで映っている。

そう。

高見原自身の姿が。

自分がこんなふうに鏡を前にして自分の顔を直視するなど、直央に出会う前には考えられなかったことだ。

しかし今見たいのは、その自分の顔ではない。

「……ええと」

高見原は瞬きをした。

鏡の向こうの自分も瞬きをする。

おそるおそる右手をあげてみると、向こうの高見原も左手をあげる。

つまりこれはどこからどう見ても普通の鏡で。

と……

「直央、見えないんだけど」

鏡の向こうから声が聞こえ、高見原はぎくりとした。

「え？　なんで……あ、もしかして！」

こちらの直央がはたと気付いたように高見原の隣にぴったりと寄り添う。

つまり——直央も、高見原と一緒に鏡に映り込む。

同時に、鏡の向こうでも同じように、直央が高見原の隣に並んだ。

「あ！」

向こうの直央が嬉しそうな顔になる。

「見えた、映った、二人とも！」

そして、高見原の顔を遠慮がちに見つめ、口元を綻《ほころ》ばせた。

「本当に高見原さまだ……！」

彼にとっては、自分は「佳道さん」ではなくスイート滞在の常連客のままなのだ、と高見原は改めて気付いた。

「こっちからは、そっちにも佳道さんがいるみたいに見えるけど、どうなってるの？」

こちらの直央が尋ねると、向こうの直央は高見原が映っている空間で、手を大きく上下に振ってみせる。

「ここには誰もいないよ」

手は、高見原の身体を通り抜けるように動いている。

「もしかして、こういうことかあ」

高見原の隣にいる直央が首を傾げた。

「佳道さんが映っているのは普通の鏡、だけど俺たちが入ると、そっちとこっちを繋ぐ鏡になるってこと？」

「そう？　それで、そっちの高見原さまからは、俺は見えてるのかな？」

向こうの直央が尋《たず》ね、高見原はびくりとした。

「あ……ああ、見えている。こちらの直央とは違う動きをしているきみが」

「やった！」

二人の直央は嬉しそうに、鏡を挟んで互いの両掌をぱんと打ち合わせる。

そんな動きは、本物の鏡のようだ。

「じゃあ改めて……はじめまして、っていうのも変だけど」

向こうの直央が照れくさそうに言い、

「……ああ、はじめましてでは……ないかな」

戸惑いながら高見原も言った。

ホテルのベルボーイとして、高見原が以前ロビーで落としたキーケースを拾ってくれたのは、間違いなく鏡の向こう側にいる直央なのだ。

「で、どう？」

わくわくした声で、隣にいる直央が高見原を見上げる。

「やっぱ俺たち、おんなじに見える？」

「……あ、ああ」

高見原は曖昧《あいまい》に頷いた。

確かに、同じ顔、同じ声、同じ動きをする、同じ直央だ。

同じなのだが。

違う。

なんというか……

印象が、まるで違う。

というか、あちらの直央の印象が、摑《つか》みにくい。

いったいこれはどういうことだろう。

こういう眉、こういう目、こういう鼻、こういう口元だと、パーツはわかる。

そしてそれが、自分の隣にいる、奇跡的な美貌の直央と全く同じパーツだし、同じ配置だということも、わかる。

それなのに、その顔の印象が上滑りしてするりと記憶の表面を通り抜けてしまい、あとには何も残らない、という感じだ。

このシャワーブースを一歩出た瞬間に、「直央と同じ顔だったのは確かだが、実際にどんな表情をしてどんな仕草をしていたのかよくわからなくなる」と思えてしまう。

美しかったのかどうか、さえ。

「佳道さん？」

沈黙してしまった高見原を、こちらの直央が訝《いぶか》しげに呼ぶ。

「それとも俺たち、違って見える？」

高見原は隣にいる直央を見た。

見るたびに感嘆する、完璧な美しさ。

そしてその美貌に本人は無頓着で、むしろかすかに困惑していて、それがまた魅力的でもある、「自分の」直央。

もう一度鏡の中を見ると、確かに同じ顔立ちなのに……印象の薄い、直央。

「……なんというか」

高見原は口を開いた。

「同じ顔なのに、そちらの直央は印象が薄い」

「え、ほんとに⁉」

両方の直央が同時に言った。

その声音に微妙な違いがある。

こちらの直央の声には純粋な驚きだけだが……あちらの直央の声には、嬉しそうな響きが混じっている。

「そっちの高見原さまから見ても、今の俺って美貌じゃなくて印象が薄いんだ！」

そうだ。

向こうの直央は、トラブルの種でしかない自分の美貌に嫌気がさし、違う世界に行きたいと強く願った。

その結果、二人は入れ替わってしまったらしい。

そして今、彼はあちらの世界で、「目立たない印象の薄い」自分になれたことに喜びを感じている。

こちらの直央が自分の美貌に戸惑っているのとは違う。

それが二人の差だ。

そして、向こうの直央が鏡越しに自分を見る、遠慮がちな瞳。

その中には、彼がこれまで培ってきた価値観では「醜い」はずの高見原に対する、侮蔑や嫌悪などは全くないが……それでも、直視するのは失礼かもしれないといった、かすかな躊躇《ためら》いがあるのだ。

こちらの直央が高見原を見つめるたびに浮かべる感嘆とはまるで違う。

それは二人の明らかな違い。

そう、二人は全くの別人なのだ、と高見原にはわかった。

顔立ちが似ているだけの別人。

そして「自分の」直央は、隣にいる直央だ。

「不思議だな」

高見原は思わず微笑んでいた。

「だが、今ならわかる。直央が、あちらの私とこちらの私が別人だと言い切れる意味が」

「だよね」

直央が真面目な顔で頷いた。

「うん」

向こうの直央も同じように頷く。

全く同じように見える頷きだが、やはりあちらの直央の仕草は印象が薄い。

「こっちの高見原さまは、そっちの高見原さま……佳道さん、みたいに親しみやすい感じは全然ないもん。俺、そっちの俺が高見原さまとって聞いて、すごくびっくりしたよ」

「俺だって、そっちの俺が飯田《いいだ》さんとって聞いてびっくりしたよ。飯田さんっていい上司だとは思うけど、そういう感じじゃなかったもん」

「そっちにいたときの飯田さんも別にそんなじゃなくって……なんか、こっちの飯田さんだからこそ、この俺を好きになってくれたんだと思う」

「ほんと、不思議だよねえ」

二人の直央は鏡越しに楽しそうに話している。

それはよく似た二人のおしゃべりであり、声だけ聞いているとやはり区別がつきにくい気もするが、それでもよく注意して聞いてみると、向こうの直央の声はこちらの直央の声にある艶や深みが少し薄いような気もする。

これもまた「印象の薄さ」なのだろう。

そのとき、向こうの直央がふと手元のスマホに目を落とした。

「あ、もうこんな時間。俺、これから夜番だから。またね！　高見原さまも、また！」

慌てたようにそう言い、

「またね、今度は飯田さんも一緒にね！」

こっちの直央がそう言って、直央同士が手を振り、向こうの直央が姿を消すと……そこには普通の鏡が残り、高見原と、こちらの直央が映っていた
「……どうだった？」

直央が鏡越しに高見原を見つめる。

「あっちの俺とこっちの俺、違った？」

高見原ははっとした。

もしかしたら直央は、高見原の不安に気付いていたのだろうか。

両方の直央をどう思うのか、
その答えは、明らかだ。

高見原は鏡越しではなく、隣にいる直央を見つめた。

「この直央が、私にとってのただ一人の直央だと……はっきりわかったよ」

そう。

顔は同じでも、あちらの直央とこちらの直央は違う人間であり、自分が愛しているのはこの直央なのだ。

「……そうだと思ったけど、よかった」

直央は嬉しそうに頬を染めて高見原を見上げ……その唇に誘われているように感じ、高見原は直央を抱き締め、ゆっくりと口付けた。

あとがき

このたびは「モブ顔の俺が別世界ではモテモテです」をお手に取っていただき、ありがとうございます。

今回のお話は、大きいくくりではこのところ続けて書かせていただいている「異世界もの」の一種と言いますか、パラレルワールドものになります。

全くの異世界とは違い、ちょっと価値観が違うだけの現実世界とほぼ同じ別世界ですので、気軽に楽しんでいただけるかと思います。

書く方としても、世界観の説明がいらないぶん短くなるかと思ったら、楽しんで書いているうちになんだか長くなってしまいました……書き上げてびっくり。

そしてちょっと長めのおまけもつけましたので、お得感はあるかと思います。

文庫の既刊リストを見ていると、異世界ものになってどんどんタイトルが長くなっているのがわかります。

タイトルでどういう系統の話かわかっていただくためにどうしてもそうなるのですが、それでも毎回悩みます。

そろそろタイトルを……と担当さまに言われてから、必死になってキーワードをひねり出し、それを組み合わせたものをいくつか出して……となるのですが。

実は編集部に達人がいらっしゃいます。

私が出したキーワードと、とても背表紙に入りきらない長さの使えないタイトル候補を見て、さっと必要な言葉を組み合わせてタイトルにしてくださるそうなのです。

おかげさまで今回は、モブ顔なのに別世界に行ってモテ顔になる主人公のお話だとわかっていただけるわけです……！


イラストは、嬉しいことにまたしても花小蒔朔衣先生にお願いすることができました。

異世界もので いろいろご面倒をおかけしているのですが、今回はモブ顔地味顔、印象に残らない顔の主人公ということで、本当に申し訳なく……。

それなのになんと、モブ顔なのにとってもかわいい直央にしていただきました！

そして不細工自認の高見原の、なんと色っぽく素敵なこと……！

花小蒔先生、本当に本当にありがとうございました。


担当さまにも、いつもご面倒をおかけしております。

ネタ段階でいろいろお話ししていると、楽しいのと同時にどんどんアイディアがかたちになっていく感じで、とても助かっております。

今後もよろしくお願いいたします。

そして、この本をお手に取ってくださったすべての方に御礼申し上げます。

毎回「今回は楽しんでいただけるかしら」とどきどきなのですが、面白かったと一言いただけるとそれだけでもう嬉しくて舞い上がり、そして次へのモチベーションになりますので、よろしければ編集部宛にご感想などお送りいただければ幸いです。

それでは、また次の本でお目にかかれますように。

夢乃咲実

✦初出　モブ顔の俺が別世界ではモテモテです…………書き下ろし
鏡よ鏡…………………………………………………書き下ろし

夢乃咲実先生、花小蒔朔衣先生へのお便り、本作品に関するご意見、ご感想などは
〒151-0051 東京都渋谷区千駄ヶ谷 4-9-7
幻冬舎コミックス　ルチル文庫「モブ顔の俺が別世界ではモテモテです」係まで。

幻冬舎ルチル文庫

モブ顔の俺が別世界ではモテモテです

2023年10月20日　第1刷発行

✦著者	夢乃咲実　ゆめの さくみ
✦発行人	石原正康
✦発行元	株式会社 幻冬舎コミックス 〒151-0051 東京都渋谷区千駄ヶ谷 4-9-7 電話 03(5411)6431[編集]
✦発売元	株式会社 幻冬舎 〒151-0051 東京都渋谷区千駄ヶ谷 4-9-7 電話 03(5411)6222[営業] 振替 00120-8-767643
✦印刷・製本所	中央精版印刷株式会社

✦検印廃止

ISBN978-4-344-85325-6　C0193　Printed in Japan